DU MÊME AUTEUR

Aux Éditions Gallimard

LA SYNTHÈSE DU CAMPHRE, roman, 2010.

Aux Éditions Flammarion

LE LIVRE QUI REND HEUREUX, 2011.

BELLE FAMILLE

ARTHUR DREYFUS

BELLE FAMILLE

roman

nrf

GALLIMARD

Pour Joseph.

« Il faut avoir beaucoup d'imagination, Madame, pour dire la vérité, car on ne la connaît jamais tout entière. »

SACHA GUITRY, *Toâ*

Je ne crois pas en la vérité. Comme l'esprit humain, elle a ses humeurs. Elle a son humour. On pense la tenir par une extrémité. De l'autre elle se dérobe, pour nous contraindre à rêver. L'écrivain ne fait rien d'autre que cela : rêver la vérité. À sa mode il la tourne ; comme le caramel mou confectionné par des tabliers blancs sur les marchés de Bretagne.

La matière première du romancier ne colle pas aux molaires. Elle flotte autour de lui. Ce sont des larmes. Ce sont des lignes. Celles, presque invisibles, d'un canard de province. Celles, trop imposantes, des colonnes nationales.

Magritte a peint un homme qui observe un œuf, et qui peint un pigeon. C'est de cet œuf que, précautionneusement, je me suis saisi. Je l'ai désempli. Dedans j'ai versé un jus neuf.

Comme l'homme au pigeon, je n'ai abouti qu'à l'un des modes possibles de la réalité. Entre mille milliards. Excepté les rayons du soleil et le bruit que donne la mer, un rapide calcul de probabilités m'incite subséquemment à confesser que tout est faux. Qu'hormis ma coquille de départ, toute ressemblance avec des personnes ou des situations existantes ou ayant existé ne saurait être attribuée qu'à ce que Louis Aragon dénomma les droits imprescriptibles de l'imagination.

L'écrivain n'est jamais fidèle à la vérité. Il lui préfère sa petite sœur, la vraisemblance. Qu'on lui pardonne cette allégeance — car il faut convenir qu'un brochet, qu'une vipère, ou qu'un goéland se logent plus commodément dans un œuf que trois cent trente-trois tigres du Bengale.

A. D.

1

Granville est située au bord de la Manche à l'extrémité de la région naturelle du Cotentin, elle ferme par le nord la baie du Mont-Saint-Michel et par le sud la côte des havres. Jadis la ville était fameuse pour son port morutier, devenu le premier port coquillier de France. On pourrait dire sans risque de se tromper qu'au moins le mitan du quinze millier de Granvillais tire bénéfice, de près ou de loin, du négoce des fruits de mer. Malgré cela, la plupart d'entre eux rechignent encore à se sustenter de coquillages (peut-être par peur de mordre la main qui les alimente). On ne compte plus les visiteurs de passage qui se sont frottés à cette énigme — dont la simple évocation suscite immédiatement, et pour une raison inconnue, de la gêne, un malaise, voire de l'animosité.

De pente très faible, l'estran de la côte granvillaise permet à des marées de plus de quatorze mètres de monter. Au début du siècle, et à plusieurs reprises, des enfants partis à la chasse aux palourdes ont laissé leurs familles en deuil. Si de tels drames ne sont plus à déplorer depuis quelques décennies, les propagandes maternelles n'ont fait que s'accroître, au point d'engendrer des générations hantées par un même cauchemar immense et salé. À l'école municipale, la leçon de Sergine Frêle sur le mouvement des marées prend chaque année la forme et la solennité d'un avertissement.

Au-delà du cours élémentaire de géographie, l'estran fait l'objet d'une bataille juridique décennaire. Lorsque l'eau se retire pour dénuder la grève, l'étendue de sable qui se révèle pourrait appartenir à tous ceux qui aiment y poisser leurs bottes. La Loi n'est pas si simple. Selon l'Hôtel de Ville, cette plage périodique demeure, en toutes circonstances, la propriété de la municipalité — et les petits trafics y afférents, un manque à gagner pour les finances publiques. Le maire ambitionne de taxer les couteaux, clams et soles ramassés à marée basse. Les pêcheurs estiment que l'estran dépend du « droit de la mer », qui n'impose pas leurs prises. Le reste des Granvillais, pour des raisons fiscales, est favorable au projet de la Mairie — excepté ceux dont les rejetons ramènent quelquefois, le dimanche, dans leurs seaux en plastique, une poignée de bigorneaux. Ceux-là *se posent la question.*

Le bourg a ses notables, et ses prolétaires. S'il y avait fait une halte, Marcel Pagnol aurait pu y pondre une sorte de *Topaze* opposant la riche Société des Conques aux matelots qui s'égratignent les phalanges sur ses chalutiers. D'ailleurs Granville, parfois surnommée la « Monaco du Nord » (du fait de sa situation sur un promontoire rocheux), réserve traditionnellement ses plus beaux lopins au P-DG de la SDC ; au maire et à son adjoint, aux quelques médecins, avocats et notaires certifiés de la localité. Depuis la plage centrale, qui s'ouvre comme une piste de cirque sur le port de plaisance, on aperçoit tout en haut leurs maisons très larges, très belles, trop cossues pour être vraies. Les enfants de pêcheurs reçoivent l'instruction de ne jamais *monter la colline*, ou de s'amuser *dans le bourg*. Pour eux, et jusqu'à l'orée de l'adolescence, ces bâtisses passent pour les hôtels d'un Monopoly illicite ; où se jouerait, sur un autre plateau, le jeu d'une autre société.

2

Tony avait toujours éprouvé, se répéta Laurence, une fascination pour les objets, les vêtements, ou les animaux étranges et inutiles. Il n'évoluerait pas. À quarante ans, son frère trouvait encore le moyen de ramener de voyage des canifs en bec de pie, des écharpes en fil de zinc ; ou des bocaux garnis de fourmis bleues très venimeuses. Seulement, aujourd'hui, il avait dépassé les bornes en offrant à son neveu un caméléon (ce n'est pas le genre de choses qu'on jette à la poubelle).

Laurence demanda à son frère s'il était « complètement con ou quoi » ; ce à quoi Tony répondit avec une satisfaction malicieuse :

— Fais comme lui, garde ton sang froid.

On réintégra le *living*. Madec observait le reptile à travers son enclos de plastique. Au moyen de légères tapes, il tentait de l'éveiller. Les bêtes des dessins animés étaient beaucoup plus rigolotes ; les caméléons en particulier changeaient sans cesse de couleur, passaient du jaune au bleu, et du gris au doré comme des sucres d'orge électroniques. Celui-là se cramponnait à sa branche, prostré, les yeux dans le vide, dépourvu de toute fantaisie.

Autant le grand salon tapissé de gravures bretonnes n'était pas spécialement graphique, autant l'entremêlement des jambes claires du petit garçon, étendu sur le sol près du terrarium, et les silhouettes empruntées de son oncle et de sa mère — comme légèrement inclinées par un vent d'intérieur — auraient pu composer une scène du Caravage ; où la lampe de poche déchargée de l'enfant se serait substituée, dans le clair-obscur, à la flamme mourante d'une bougie.

Tony prenait un malin plaisir à retracer son voyage en Colombie à Laurence, ses entrevues interlopes, son périple en train-couchettes : il savait qu'elle n'avait qu'une angoisse à l'esprit — le détestable présent —, et cela le ravissait de détailler par le menu ses expériences honteuses sans qu'elle y prête attention. Il avait beau expliquer que, là-bas, les junkies en manque s'enfonçaient des seringues dans la bite (quand les veines de tous les autres endroits du corps s'étaient trop épaissies), qu'il avait lui-même aidé un jeune gars à se piquer sous la paupière, Laurence, elle, se demandait si ça faisait des crottes un caméléon, des crottes comment ; des petites boules comme les lapins qui sont toutes dures et qui sentent pas mauvais, ou bien des fragments liquides de résidus d'insectes. Les seules crottes qu'elle aimait, c'étaient celles des nourrissons : les vertes, couleur épinard, qui exhalent le compost frais et la semoule crue, celles qu'on peut effleurer du bout des doigts comme si c'était un peu sale tout en sachant qu'au fond c'est propre.

Madec sursauta : le reptile venait de propulser sa langue contre le Plexiglas, dupé par un mouton que l'enfant avait assemblé en passant ses doigts dans les rainures du parquet. Mobile, la boulette de cheveux, de poils et de poussière, pouvait effectivement passer pour une mouche auprès d'un saurien myope. L'enfant fit une grimace de dégoût devant l'organe gluant de l'animal. Poisseux, tapissé de bulles, ce n'était même pas *rose-langue*, mais *gris-rose*, comme l'intérieur des tartes à la rhubarbe. Il se demanda si c'était aussi comme ça l'intérieur des filles, notamment celui de Juliette, qui l'avait embrassé sous le préau (mais sur la bouche) — et cette pensée le répugna davantage.

Entre-temps, Laurence et le caméléon avaient changé de couleur. Lui était passé du gris au bleu ; elle du blanc au rouge. Parce que Tony venait de lui rappeler l'épisode d'Astor, ce garçon romantique et beau qui lui avait proposé, alors qu'elle préparait l'internat, de le suivre en Amérique du Sud, d'abandonner la cardiologie (et Stéphane) pour l'Argentine. En dépit des arguments hédonistes de son frère, Laurence s'était rétractée à la dernière minute. Depuis, elle utilisait ce vieux regret pour s'interdire d'éprouver aucune joie. Et, selon Tony, le caméléon colombien ravivait l'épisode argentin. « Ta psychanalyse de micro-ondes », riposta Laurence en se tournant vers son fils. Avec jubilation, elle constata que l'enfant n'était pas aussi grisé que cela par le cadeau de son oncle. Elle prit une voix douce : « Le mieux, c'est de laisser décider le petit ; Madec, réfléchis, tu veux garder le caméléon de Tony, tu veux qu'il dorme dans ta chambre ? »

Le garçonnet n'était pas enchanté de s'assoupir près d'une bête poisseuse, et qui changeait si peu de couleur. Toutefois, il sentit sa mère plus rétive encore à cette idée. Son jeune pouvoir le rendit orgueilleux. Aux deux adultes il lança : « Je l'aime bien, on le garde. » Et il décida de l'appeler Big, parce qu'il était gros.

Dans l'urgence, Laurence féconda une stratégie torve : le départ en vacances approchant, elle s'appliquerait à faire oublier le caméléon au moyen de billes et de jeux vidéo ; elle bouclerait bagages et ceintures pour, subitement — mais trois cents kilomètres plus loin —, s'exclamer que mon Dieu j'ai oublié de nourrir Big, ces bêtes-là ça peut attendre dans la jungle ils ne croquent pas chaque jour tu lui donneras chéri double ration en revenant d'Italie.

Au retour de Toscane, on retrouverait Big racorni sur le dos, et tout serait bien qui finirait bien.

3

Vladimir (l'aîné) et Antonin (le cadet) jouaient et se déguisaient ensemble. Si Madec les observait, il était rarement invité à participer. Il serait faux pourtant d'accuser ses frères de bannissement : c'est lui qui se tenait à l'écart. Sa tête rousse, entre leurs tignasses blondes, semblait provenir d'une autre branche ; d'un autre bourgeon. L'impression se poursuivait lorsqu'on s'adressait successivement aux trois gamins. Le plus et le moins âgé exprimaient quelque chose de doucereux, de sucré ; de malléable. Celui du milieu humait la terre, les racines ; et en dépit de sa naissance, avait plutôt l'air d'un fils de croquant. Le prénom même de Madec, d'ailleurs, semblait lui aussi étranger à la famille Macand. Stéphane l'avait découvert lors d'un congrès médical en Irlande (sur le badge du réceptionniste de son hôtel). La consonance celte l'avait charmé pour une raison inconnue. Il avait téléphoné à sa femme pour lui faire part de cette idée. Elle lui avait demandé si c'était *une blague* ; il l'avait conjurée de lui *faire confiance une seule fois*. Comme Laurence avait décidé du prénom de Vladimir, elle s'était aplatie devant le choix discrétionnaire de son mari — tout en précisant qu'il *prenait ses responsabilités avec ce gosse*. Deux semaines plus tard, Madec naissait par césarienne en urgence (à cause d'une déchirure rarissime d'un vaisseau du cordon ombilical).

Laurence avait longtemps résisté. Et puis un jour, de guerre lasse, elle avait acheté une console vidéo aux garçons. *Ce n'est pas nous c'est le Père Noël*, s'était-elle dédouanée. Cependant une chose était sûre : elle ne transigerait pas sur les téléphones portables. Ce n'était *même pas négociable*. Devant d'autres mères si possible, Laurence sermonnait sa progéniture (sans qu'elle lui eût rien demandé) :

— Je sais que d'autres enfants en ont dès onze ans mais là c'est clair, ne comptez même pas dessus : pas de portable avant quatorze-quinze ans. Pourquoi, pour des raisons de santé.

Ou bien :

— Vous êtes d'accord avec moi : c'est quand même plus marrant de vous éclater dans le jardin avec les copains que de se coller derrière un écran ?

Après d'autres répliques idéales, Laurence remarquait à voix suffisamment haute qu'il fallait *qu'on se dépêche, avant l'hôpital*, de passer chez le fleuriste récupérer le *panier bio*. Alors, pendant une semaine, Stéphane devait se contraindre à vénérer les betteraves blanches, le rutabaga et les kakis pas mûrs. Mastiquant sans joie le goût de la santé, il pensait que ce n'était peut-être pas un hasard si les légumes rares l'étaient restés — et si l'on ne bouffait des topinambours qu'en période de guerre.

Le grand frère avait édicté les règles de jeu. Cette fois-ci, pour changer du seul jeu vidéo, déjà terminé dans tous les modes et tous les niveaux de difficulté, il s'agissait de dégainer la télécommande à une vitesse de cow-boy pour zapper le plus vite possible du canal 1 au canal 99. Vladimir chronométrerait tandis qu'Antonin zapperait, et vice versa. Madec déclina l'offre qui lui était faite de participer : il serait l'arbitre. Il regarderait.

Il regarda ; et cela le convainquit davantage que ses frères et lui ne partageaient pas le même sang. Fixant le pouce de Vladimir en train d'écraser frénétiquement la télécommande, il plissa les paupières afin que la lumière se dissolve en grandes lignes. Le gros plan prit la forme d'un lavis cubiste mêlant carrés noirs et ongles blancs, sur fond de chair en sueur. Il sortit.

Comme il n'y avait pas école, que les parents étaient de garde à l'hôpital, et la sagesse des frères Macand quasi proverbiale, le mercredi était le jour de la liberté. N'ignorant pas, grâce à son institutrice Sergine Frêle, qu'on fêtait parfois la Libération — ce qui permettait de *faire le pont* —, Madec s'était figuré que le mercredi était une fête nationale hebdomadaire consacrée aux enfants (et qui célébrait la leur, de libération). C'est par sa mère qu'il connaissait, sans la comprendre, l'expression *faire le pont* ; tout comme *lundi en huit*, *au temps pour moi*, *belle lurette*. Il compilait dans un carnet ces mots connus, assemblés les uns aux autres en des molécules inconnues, dont il priait chaque soir pour qu'elles le restent. Cent fois il les relisait, dépeçant chaque syllabe, jusqu'à la mort de toute signification. *Huit au temps*, *pour moi belle*, *le pont lurette*. L'enfant savait qu'en ne débrouillant pas ces formules il confinait ses parents dans leur monde — et demeurait dans le sien.

Dehors, Madec abandonna ses sandales le long du chemin qui descendait vers l'estran. Il aimait marcher pieds nus. Du fait de son poids modeste, la sensation des graviers sous la plante des pieds s'avérait juste assez piquante pour être agréable. D'autre part, dépourvus de chaussures, ses orteils fonçaient en quelques instants pour devenir fuchsia. Alors il adorait s'accroupir, attraper sa cheville et pincer la chair du pied qui, tout à coup blanchie, mettait plusieurs secondes à se repigmenter.

Ayant éprouvé toutes les couleurs de ses orteils, le petit garçon se remit en route. Le temps avait fraîchi et lorsqu'il parvint à l'estran, un ciel dense s'étalait sur Granville. Il goûta le sable qui avait une odeur de gâteau, mais ce fut mauvais. Il cracha, s'allongea près de l'eau, et profita de cette posture pour observer le ciel. L'enfant repéra de grandes masses grises qui se pénétraient les unes les autres.

Madec pensa au caméléon. Il n'avait dormi que trois nuits à ses côtés mais déjà s'y était attaché. Stéphane avait été indulgent à l'égard de Big. Il y avait vu le présage d'une complicité père-fils ; moments virils composés de litière végétale, de grillons surgelés, d'excréments frais enveloppés dans du Sopalin, de photographies numériques et d'*Encyclopædia Universalis*. Stéphane Macand n'était pas un intrigant — mais il avait saisi qu'un père et un fils ne peuvent avoir de conversation courante, qu'ils ne sont, ni l'un ni l'autre, faits pour cela ; et que c'est au premier qu'il incombe de *trouver des sujets*. Tous paraîtront bons — selon le père, selon le fils :

ergonomie des tableaux de bord, fabrication des icônes orthodoxes, les Polonais en France, la géologie sous-marine, les magouilles de Chirac au temps du RPR, la question raciale aux États-Unis ; le métabolisme des caméléons. L'enfant avait sept ans, mais il n'était jamais trop tôt pour commencer — surtout qu'une fois choisis, ces sujets demeureraient impérissables.

Granville s'assombrissait à vue d'œil. Ce serait un jour d'automne précoce. Le garçonnet imagina son reptile en train de flâner sur la plage. L'animal, dont la teinte naturelle se rapprochait de la couleur du sable, se serait aisément fondu dans le paysage. De sang froid, il aurait cherché la plus immédiate source de chaleur, le corps de Madec, qu'il aurait gravi en le griffant un peu. L'enfant se redressa pour examiner ses mollets. Ils avaient rosi. Et ses fesses ? — puis d'une idée à l'autre : et son zizi ? Il fallut vérifier. Madec ôta son bermuda, son caleçon, et catapulta sa chemise sur les galets qui bordaient la plage. Baissant le front, il se décalotta pour constater que tout avait foncé *(comme le petit bout)*. Se sentant plus que jamais caméléon, il entreprit de galoper. En pleine course, l'enfant vira en direction du rivage pour se jeter dans l'eau. Le froid ne le gênait pas : il l'avait oublié. Plus Madec s'immergeait dans la mer, plus son corps rougissait.

Pourpre dans le crachin blanc, Madec fut repéré depuis sa fenêtre par Francine Frêle (infirmière scolaire, et sœur cadette de Sergine), qui posa sa revue sans marquer la page et se précipita hors de chez elle. Elle bondit sur la chaussée, traversa la route les yeux rivés sur le gamin ; et prit de plein fouet — au niveau du menton —

le pare-chocs d'un camion transportant dix tonnes d'huîtres. Elle périt sur le coup. La marmelade de son crâne se confondit avec les coquillages broyés, dont les vapeurs d'iode épousèrent le parfum du sang. Le petit, encore dénudé, s'approcha de la route et demanda au chauffeur du poids lourd — qui était descendu de son véhicule, avait ôté sa casquette, et composait un numéro de téléphone à deux chiffres — si *elle était morte*.

Avec une haleine d'aquavit, Stéphane Macand expliquait à son épouse qu'ils n'auraient rien pu empêcher, qu'ils ne se trouvaient pas sur place — ni lui ni elle — *toi comme moi*. Que les accidents survenaient justement par accident. À la limite, Laurence acceptait de se désolidariser des homicides involontaires commis par sa progéniture ; mais ça n'expliquait pas pourquoi son fils se baladait à poil sur la voie publique. La plage nudiste *(homosexuelle)*, inaugurée en grandes pompes par *Son Éminence* Jean-Jacques Michel, y était forcément pour quelque chose. Était-il encore possible d'avoir des valeurs de gauche sans se vautrer dans la débauche ?

Songeuse, Laurence dévisagea son mari, le trouva mou et sans avis sur rien. Qui était dupe ? À l'hôpital, l'emplacement de sa carafe à cognac, derrière l'étalon de rachis offert par les laboratoires GSK, faisait l'objet de *private jokes*. Le père de Madec donnait heureusement le change. Ses diagnostics étaient bons, et la morale sauve. *Heureusement*, car dans le déni de ses propres frustrations, Laurence entretenait tacitement l'incapacité de Stéphane à se débrouiller avec la vie : il ratait tout pour deux.

Madec fut puni et l'infirmière enterrée. Le procès aurait lieu à une date non encore fixée (il s'agirait de déterminer dans l'accident la responsabilité respective de Francine Frêle et des parents de Madec). On fournit aux élèves de Granville des tubes de Superglu à l'occasion des funérailles ; et ils collèrent chacun sur la sépulture une coquille d'huître. La tombe nacrée devint une curiosité locale. Les années suivantes, elle attira des milliers de touristes lassés du Père-Lachaise. Dans la lignée des baisers déposés sur la stèle d'Oscar Wilde, la tradition imposa à chaque visiteur de fixer un nouveau coquillage sur ce tombeau-là. La coutume s'étendit à tout le cimetière, qui parut bientôt édifié par le Facteur Cheval. Un *shooting* de mode y fut organisé pour la version allemande du magazine *Vogue*. Karl Lagerfeld photographia trois mannequins accoutrées en sirènes, et dont les yeux fardés d'un rouge corail évoquaient, pour les intimes, le dernier regard de Francine Frêle.

Le pécule que rapporta ce décor permit de rénover l'essentiel du mobilier urbain et d'employer un jardinier municipal — ce qui vaudrait à Granville de recevoir, deux ans plus tard, le titre de troisième ville la plus fleurie de France — et à Sergine Frêle, d'être décorée par le maire pour son engagement dans ces démarches.

4

Au fil des semaines, Madec reconquit sa liberté. Le peu de cardiologues dans la région aidant, il parvenait à regarder la télévision fort tard, blotti dans le lit parental. C'était son moment favori : il suffisait de se tapir sous la couette, et de s'oublier dans les lumières blanches de l'écran. Autour flottaient d'infimes traces de son père, de sa mère ; un cheveu, le parfum de leurs transpirations, une fragrance de lavande atténuée, les chemises de nuit rabattues sous l'oreiller ; le moulage exercé par leurs corps au fil des ans. Madec aimait cette moitié d'absence.

L'enfant s'arrêta sur les images d'une femme attaquée par un ours dans un zoo berlinois ; et qui se débattait affreusement au sein d'une eau saumâtre. Le reportage lui apprit que cette Allemande adipeuse, originaire de la région de Brandebourg, avait plongé *de son propre fait* dans le bassin. Quatre des cinq ours polaires n'avaient prêté aucune attention à l'intrusion de la touriste. Le dernier d'entre eux s'était approché de la nageuse pour la mordre à plusieurs reprises aux bras, aux jambes et aux mollets. Il avait arraché *de sérieux bouts de chair*. Soudainement passionnés par le spectacle de la nature, les visiteurs du zoo s'étaient amassés contre les garde-fous. Dépourvus de fusil anesthésiant, les soigneurs s'étaient attelés à éloigner l'animal des plaies qu'il avait ouvertes. L'opération avait réussi à la faveur d'un seau de maquereaux déversé à l'autre extrémité du bassin. Pendant que l'ours s'y était précipité, on avait extirpé du cloaque l'Allemande agonisante à l'aide d'une bouée sanglée de toutes parts. Cela mit assez de temps et fut assez maladroit pour écœurer le téléspectateur le plus vicieux. Sur ces images, la voix *off* concluait que les intentions de la jeune femme *restaient obscures*, et que nul n'avait pu déterminer s'il s'agissait *d'un suicide, d'un défi, ou d'une simple inconscience*. Elle survivrait.

Madec tenta de se rappeler la signification du mot « suicide ». Il l'avait entendu à la messe (Père Georges s'y référait avec véhémence). Subitement, il trouva sa réponse. Quand on se tuait soi-même. Des sermons revinrent à sa mémoire. Les hommes étaient des citoyens de Dieu — c'est à Lui qu'il incombait de les faire vivre, et de les faire mourir. Ceux qui commettaient le péché de suicide allaient droit en enfer. Là, des fauves ardents les dépeçaient sans jamais les tuer complètement. Quelle différence avec le zoo ? En pensée, Madec s'introduisit dans l'enclos d'une bête sauvage, à la recherche d'une mort violente. Si jeune, il n'avait que très peu éprouvé la douleur physique — et l'idée d'un *suicide* insolite le séduisit beaucoup.

Madec se remémora les dimanches. Penché sur son prie-Dieu, il écoutait peu la voix du prêtre. Les homélies s'émoussaient à mesure que ses yeux épousaient la flamme des cierges. L'enfant se retournait subrepticement, et scrutait chaque visage un temps infini. Plus le visage était disgracieux, plus l'observation était précise. Il y avait de quoi faire. Madec se souvint d'abord des vieilles dames (baptisées par lui *les volailles*). Elles pénétraient dans l'église par petits groupes, et se dispersaient comme une bande organisée sur des bancs différents. L'enfant inspirait leur haleine, mixtion de croûte de fromage et de produits d'entretien. Au sortir de la messe, le thème des *huiles essentielles* était de mise. Apparemment, il s'agissait d'un liquide désinfectant au pouvoir de bénédiction supérieur à celui de l'eau bénite. Les *volailles* se seraient brûlé le derme pour enduire leur visage de toute substance qui fût *essentielle*. Les jours gris, le petit garçon avait remarqué qu'on n'ouvrait pas son parapluie quand il pleuvait — mais lorsque le sol était mouillé.

D'un rang à l'autre, le garçonnet se rappela le visage extrêmement beau de Julien, l'aîné du docteur Matis. Depuis cette année, le grand fils était au lycée. Il avait conservé ses yeux de fille. Chaque dimanche, l'adolescent occupait la même place, face au vitrail le plus bleu, dont les reflets coulaient sur le bord tranchant de ses narines. Une fois, après l'office, sur le perron de l'église, Madec s'était approché de Julien pour lui saisir la main. Quelle émotion recherchait-il ? — l'enfant avait entrelacé leurs doigts, et embrassé le tout. Plissant un front lisse, l'adolescent avait méchamment défait le nœud. Vexé, Madec s'était rapidement apaisé. Julien avait conscience d'être beau, ce qui lui ôtait toute grâce.

Juste derrière Julien — mais si loin de lui —, il y avait la grande Fanny. Madec l'avait surnommée *Fanée*. Âgée de quinze ans, le bas de son ventre pendait, son nez allait chercher l'horizon et ses yeux paraissaient avoir pleuré des rivières. À cause des ménages, elle se parfumait à l'eau de Javel. Son visage neutre était triste, son visage triste était mort ; et quelquefois, elle souriait. Alors, ses dents penchées absorbaient une lumière oblique et jaune, et elle devenait véritablement laide. Pour autant, Madec l'aimait. Fanny n'avait pas conscience d'être *fanée* — ce qui la rendait touchante, ce qui la rendait belle.

Après les *volailles*, après Julien et Fanny, Madec épiait enfin sa mère. Il l'observait de dos — mais on oublie combien une posture parle vrai. Au début des litanies, Laurence Macand levait la tête vers l'orgue. Le fils lisait sur sa figure un grand chagrin.

Les enfants croient naïvement qu'un visage sombre est un visage de tristesse, et ils ont raison.

Parfois aussi sa mère pleurait ; de ces larmes que les femmes pensent invisibles et qui sont plus évidentes que les sanglots du théâtre. Était-ce le timbre du prêtre ? Était-ce la fatigue d'être mère ? Madec l'ignorait.

Laurence n'en savait pas plus elle-même. L'émoi liturgique s'unissait à sa mélancolie ; sans qu'il fût possible de dissocier l'un de l'autre. C'était peut-être cela, la religion : envelopper dans un même bagage ses peines et ses *Ave Maria*.

Sous la quiétude des prières, Laurence percevait l'écho lointain de questions sans réponses — et se contentait de le percevoir.

5

Au sortir de la messe, Madec aperçut le vieux père Garrec. Il agrippa son énorme main. Gérard Garrec fut surpris d'abord, irrité ensuite (parce que toute perte de temps l'éloignait du coup de rouge auquel il avait pensé durant l'office).

— Qu'est-ce tu veux, gamin ?

— Je veux voir les vaches, vieux père Garrec.

— Y fait pas beau, elles sont à l'étable.

— Allez !

Garrec vit paraître le visage de sa fille Maryvonne, née sous X — et qui avait mené sa vie d'orpheline quelque part en Auvergne. Après avoir deux fois manqué son BTS reprographie, Maryvonne pointait au Pôle Emploi, et avait intégré une troupe de majorettes. Le besoin d'absolution dépassa l'appel de la vinasse. Les cloches de l'église achevèrent de convaincre Garrec.

— Faut prévenir ta mère.

— J'y ai dit que je vais voir les vaches !

Le monsieur et le garçon se mirent en route, l'un pendu aux doigts calleux de l'autre (quarante ans de travaux, de bêchage et de construction lui avaient tissé des gants de corne). Madec vit que *le derrière des bras* de Garrec était par endroits recouvert d'une croûte blanche — qui lui remémora l'aspect du plâtre après un *dégadézo*. Était-ce le cancer ? L'enfant se recueillit un instant. Comme il n'osait questionner le vieux Garrec sur la peau de ses coudes, il résolut de lui demander ce qu'était un *dégadézo*. Mais au moment d'ouvrir la bouche, Madec se ravisa : que pourrait-il répliquer si Garrec saisissait le lien entre ses croûtes blanches et l'inondation de la buanderie ?

Le ciel s'assombrit davantage. On arriva à destination sous une pluie d'été. Lorsque Madec entra dans la masure de pierre, il découvrit sur le buffet un verre rond bien lustré, posé comme une relique à côté d'un bourgueil neuf. Scrupuleux, le vieux Garrec rangea la bouteille et le verre. Il se servit de l'eau du robinet. Personne ne parla pendant un instant, puis Garrec ressortit le vin de la commode, le déboucha et se remplit un ballon.

— Ma mère elle dit qu'il faut pas boire du vin. Elle dit : Le père Garrec, *Welcome la ciroz*.

— C'est normal, ta mère elle est toubib. Ça la fait bosser de trop, les maladies cardiovasculaires.

— Les maladies quoi ?

— Moi je dis c'est le sommeil qu'est mauvais pour la santé.

— J'aime pas la sieste pasqu'on fait rien et qu'on s'amuse plus.

— Quand je dors six heures, je me sens pâteux, j'ai la migraine. Tandis que six litres !

Le vacher se rendit compte qu'il causait avec le petit Macand comme avec un vieux copain. Il pensa à Mozart interprétant la *Petite Musique de nuit*. Amadeus était-il un gosse ou un génie ? Gérard Garrec n'avait pas hérité de grandes manières, mais il était curieux. Quand ses camarades d'enfance, nés avec lui dans la bouse, avaient méprisé la culture et l'histoire, lui s'y était intéressé du mieux possible. Son père l'avait eu tard, et était mort pour ses vingt ans. Ce vieillard aux moustaches d'or (Gitanes Maïs) n'avait en tête que deux choses : ses bêtes et sa femme. Nourrir les bêtes, être nourri par sa femme. Il n'avait jamais compris la télévision, le téléphone, les journaux. Ce n'était pas qu'il dédaignait les idées : il ne les voyait pas. Le jour aux champs, le soir face à une épouse taciturne, l'homme avait eu peu d'occasions de converser dans sa vie. Bien qu'affligé de cette solitude, son fils avait fini seul lui aussi mais — grâce aux livres — avec les idées en plus. Dépourvu de certificat d'études, Garrec connaissait par cœur la dynastie des Mérovingiens. Au bistrot il faisait son effet, ce qui l'avait rendu un peu cabot.

— Je peux goûter ?

— J'ai dit gamin : c'est pas pour les gosses !

— …

— T'y diras pas à ta mère, hein !

Garrec sortit un verre et le remplit jusqu'en haut. Madec le but d'une traite.

— C'est bon.

— Hé… !

— Encore.

— Oh le caviste !

Amusé, Garrec resservit un godet au petit garçon, qui l'absorba plus lentement cette fois. Comme il se sentait en confiance, le vieil homme se mit à raconter son anecdote favorite.

— Quand j'avais quinze ans, mon père m'avait envoyé sur un chantier avec mon frère. Y nous avait trouvé un cousin qui refaisait son pavillon, là-haut sur les terres froides — c'est comme ça qu'on les appelait parce qu'en hiver y faisait *mindisse*. Tous les midis, on était invités à manger chez le frère du cousin d'où qu'on travaillait. Il avait une fille, un sacré boudin, qu'on voyait passer. Puis c'était un fermier, alors y faisait sa piquette.

— C'est quoi ?

— Du jus de chaussette ! Alors un jour, après le coup de trop, j'y dis au fermier : ta fille elle est pas belle, ton vin il est pas bon.

Garrec dut se tenir le ventre : il avait quinze ans à nouveau. Madec aussi riait aux éclats, par réflexe, de ce rire d'enfant qui résonne comme une flûte de Pan. Le vieux reprit :

— L'était furieux le fermier, t'aurais vu ça, oh putain, il a sorti son fusil pour nous foutre à la porte. L'était pas chargé sinon y nous aurait butés, y gueulait : plus jamais vous revenez manger chez moi, plus jamais !!

Parvenu à contenir son fou rire, Garrec inspecta (en plissant les yeux) la robe de sa boisson : c'était sa pose d'intellectuel. Il but une gorgée, et fit un bruit de sommelier.

— Ce qui l'avait déchaîné, le père Savioz, c'est pas qu'on y dise que sa fille était moche, ça il s'en balançait — mais que son vin était dégueu.

— Pourquoi ?

— On a tous notre truc à nous qu'y faut pas y toucher, même si c'est de la merde.

— Toi c'est quoi ?
— Tu veux les voir mes bêtes ou bien ?
— Je suis fatigué, vieux Garrec.
Madec s'allongea sur un tapis et s'endormit aussitôt. Comme il faisait frais, Garrec fit glisser un autre tapis, plus petit, sur les épaules du gamin. Il était moins naturel pour le vieil homme de s'occuper d'un enfant que d'un veau. Il acheva son bourgueil les yeux rivés sur Madec, qui toussait parfois dans son sommeil (à cause de la poussière).

Le vin fit bientôt son effet sur Garrec, qui s'endormit à son tour. Il fut interrompu dans son somme par une sirène de police. Le soir était tombé. On entendit un bruit de pneus sur du gravier, et le claquement d'une portière. La sonnette fit sursauter le paysan. Il enfila ses mules, se dirigea vers l'entrée en accélérant le pas (car la cloche s'impatientait). C'était le commissaire Lemercier, chef de la police granvillaise. Un enfant avait disparu, le plan Vigipirate allait être déclenché, on le cherchait dans toute la région. Garrec ne fit pas tout de suite le rapport — pas avant que Lemercier ne lui demande s'il avait *croisé le petit Macand*. Depuis la messe, on avait perdu sa trace. Pris de panique, Garrec tournilla la tête de gauche à droite. S'était-il rendu coupable d'enlèvement ? Lemercier se racla la gorge et introduisit un doigt au fond de son oreille. Il en extirpa une boulette de cire jaune. Les deux hommes se connaissaient depuis longtemps.
— Peux entrer ?
Garrec, qui avait pris du poids ces dernières années (et ne pouvait plus marcher cent mètres sans reprendre son

souffle), se rangea de profil pour laisser passer le commissaire. Il ne parvint qu'à le suivre, trop tétanisé pour agir de quelque façon que ce soit. En pénétrant dans le salon, Lemercier tomba sur la bouteille de vin et les deux verres vides.

— Qui était avec toi ?

— Un ami.

— Quel ami ?

— Tu connais pas.

— Je connais tout le monde à Granville.

— Y vient pas d'ici.

— L'est parti ?

— Oui.

Garrec n'était pas un voleur d'enfant : il avait l'emploi sans la tête. Lemercier saisit l'un des verres, le porta à ses narines, le frotta sur sa moustache. Avançant de quelques pas, il trébucha sur une épaisseur inhabituelle : deux tapis étaient posés l'un sur l'autre, face contre face. Des yeux, Lemercier questionna le paysan. Garrec, qui n'en revenait pas de l'évaporation du gamin (partant, de sa disculpation), fit la moue. « J'étais de ménage », lança-t-il au policier. Le lamentable état d'hygiène de son logement parla contre lui : Lemercier demanda à *faire un tour*. Garrec le conduisit d'abord à l'étage. Chaque pas dans l'escalier faisait virevolter une gerbe de poussière. On observa la chambre, on souleva le matelas, on ouvrit l'armoire à glace (il fallut trouver la clef), on jeta un coup d'œil à la salle de bains, on redescendit dans le séjour, on inspecta les placards de la cuisine — tous vides —, on fit couler un filet d'eau blonde du robinet ; on sortit, on demanda à visiter l'étable.

— Y'a que mes bêtes.

— Monte-les-moi.

Garrec s'absenta un moment. Il revint avec un trousseau immense et ouvrit la porte en bois. Les deux hommes pénétrèrent dans une grange aussi crasseuse que les chambres de la maison. Il fallait slalomer entre les bouses. Au bout du couloir de paille, Lemercier aperçut une tache vert fluo (derrière la doyenne du troupeau). S'approchant, il découvrit Madec endormi sur une botte de foin, vêtu de son T-shirt *Monsieur Grenouille* — le visage à quelques centimètres des sabots postérieurs de Mouchette.

L'enfant était en bonne santé, mais on trouva dans son sang une quantité importante d'alcool. La bouteille de bourgueil fut mise sous scellé et transmise à la Police judiciaire. Madec fut présenté à six pédopsychiatres chargés d'évaluer le retentissement psychologique de sa séquestration. Examens physiques à l'appui, on conclut qu'*a priori* il n'avait pas été abusé sexuellement. Après une garde à vue de vingt-quatre heures (pour *séquestration et enlèvement de mineur de moins de quinze ans*) prolongée de vingt-quatre heures supplémentaires, Garrec fut placé au Centre de surveillance psychiatrique Winston-Churchill de Nantes. Pour la première fois de sa vie, il se coula dans des draps propres.

Après consultation de son avocat conseil, Laurence Macand accepta de ne pas poursuivre Gérard Garrec — à la condition expresse que celui-ci déménage en dehors de Granville dans un délai non négociable de cinquante jours ouvrés. Disposition qu'il ne fut pas nécessaire d'appliquer, puisque le paysan périt trois semaines après son internement.

Ce n'est que quarante jours plus tard qu'on réalisa que personne n'avait pensé à son bétail — et que toutes ses vaches étaient mortes de déshydratation dans leur étable. Cinq étudiants des Beaux-Arts souhaitèrent photographier cet étonnant cimetière pour leur projet thématique sur « Les écuries d'Augias » (mais la sous-préfète s'y opposa).

* * *

6

Madec fut affecté par la mort de Gérard Garrec — qu'il découvrit en écoutant ses parents parler tard dans la cuisine. Il fit un transfert sur Big, son caméléon, à qui il voua une tendresse nouvelle. Des jours entiers, l'enfant demeura allongé sur son lit à dessiner des vaches, le reptile sur l'épaule. Il était singulier qu'un caméléon supporte si bien la présence d'un humain. Du reste, l'animal conservait sa même teinte isabelle — signe qu'il ne cherchait point à se camoufler.

Juin et juillet filèrent en un instant, et l'on se trouva à la veille du départ en Italie. Entre l'accident mortel de Francine Frêle, et *l'épisode Gérard Garrec*, l'année avait été riche en émotions. Les Macand entendaient bien faire table rase du passé, et réunifier la famille à la faveur des collines toscanes.

Comme chaque année à minuit, on n'avait pas *commencé les valises* : c'était le chantier. Vladimir, qui était *en âge de faire ses bagages*, ne les faisait aucunement, et Antonin dormait depuis longtemps. Stéphane Macand se promit de rester sobre au moins jusqu'au départ. Au bord de la narcolepsie, le père de Madec s'endormait au milieu de ses phrases. Il disait : « Où sont mes chaussettes bleues… », puis sa phrase s'affaiblissait sur un immense *et* qui ne menait nulle part. Durant l'une de ses absences, Stéphane perçut une scène de ses vingt ans : dans le métro parisien il s'était assis en face d'un *vieux* (qui avait son âge d'aujourd'hui) en train de feuilleter un guide de voyage pour le Laos. L'homme tournait les pages avec délice, s'immergeant dans les images imprimées qui deviendraient bientôt ses paysages réels. Avant même de partir, il voyageait déjà. Stéphane cligna des yeux. Ce soir, à côté de son épouse qui repliait pour la troisième fois des draps de bain neufs, il mesurait l'écart qui le séparait de ce rêveur.

Vers 3 heures du matin, on éteignit les lumières. Contrariée à l'idée de dormir peu, Laurence ne dormit pas du tout. Vladimir réveilla Antonin pour discuter la moitié de la nuit, empêchant Madec de fermer l'œil. Lorsque l'alarme du téléphone de Stéphane sonna, il semblait qu'on venait tout juste de se coucher.

À la suite d'un petit-déjeuner où l'on eut exceptionnellement droit au Nutella, tomba l'ordre que redoutaient avec la même ardeur les trois enfants : *Qui m'aide à faire le coffre*. C'était le pire moment de leur père. Seul en scène dans le garage, Stéphane en profitait pour reprendre la main. Il fallait se tenir debout, les bras ballants ; le seconder sans le seconder (en bon chirurgien il avait pris l'habitude de disposer d'instrumentistes). Il fallait lui passer les cageots et les sacs, l'observer les compresser en faisant éclater les produits qu'ils renfermaient, s'immobiliser une minute, tout repenser à l'envers, tester les forces motrices dans la potentialité d'un coup de frein, redéfaire les bagages en place, se concentrer comme un chef de guerre. Au moment où, manifestement inutiles, les enfants s'apprêtaient à abandonner leur père dans le garage, Stéphane réclamait alors qu'on lui *passe la valise grise*, le petit sac de la caméra, ou la planche de *bodysurf*.

Une fois le coffre bouclé, il faudrait en extraire à nouveau toute la contenance, pour récupérer l'étui à cigares, oublié dans la trappe de secours.

L'alarme *mise* et les volets du haut fermés, la famille Macand se claustra dans son monospace. On partait en vacances. Était-ce l'influence de ses parents médecins, ou une conséquence de son imagination ? Madec inventait tous les accidents de voiture possibles. Quand ses frères compilaient les véhicules rouges et les caravanes, lui se figurait à chaque virage — à chaque changement de file — le choc extrême de la vitesse, l'écrasement des carrosseries les unes contre les autres, jusqu'aux hurlements du métal. C'était un divertissement infini. La mort ramena l'enfant au suicide (qui le travaillait toujours). Père Georges avait évoqué l'enfer : c'était peut-être le pire endroit possible, mais ça ne pouvait pas être pire que de *faire le coffre*.

À l'inverse des anecdotes du vieux Garrec, c'étaient toujours les mêmes histoires que récitait Stéphane Macand en partant en vacances. Après une discussion sur les chances *d'avoir du beau* là où on allait, s'amorçait le laïus sur les Khmers rouges : *Pire que les nazis*, répétait son père en zigzaguant sans clignotant sur l'autoroute, *Pol*

Pot attrapait les nouveau-nés par le mollet pour les cogner contre les arbres. L'ambiance s'allégeait grâce à l'infirmier congolais qui avait perdu deux doigts en réveillant son guide pour aller pisser (le guide avait dégainé sa machette par réflexe) ; puis, en guise de final, venait le plus long récit, celui d'Andy Sanders, l'ami américain rencontré lors d'un tutorat d'échange à Austin :

— Andy était un *businessman*, genre le vrai *businessman*. Et alors il écrit ce livre, un truc de développement personnel à l'américaine, il appelle son bouquin *Everything is Negotiable* ; en français *Tout se négocie*, et donc il a rendez-vous chez son éditeur, arrive le moment du contrat, et là, il trouve sur le contrat un pourcentage minable. Il veut l'augmenter, le mec veut pas, ils négocient pendant une heure, et le mec veut toujours pas. Andy m'appelle en larmes — et m'explique qu'il ne publiera pas son livre pour le principe. Parce qu'il n'a pas pu négocier *Tout se négocie* !

Lorsque Stéphane Macand éclate de rire, il fait résonner cet arpège de quatre notes que Madec connaît par cœur. Son épouse sourit un peu, puis le silence ; puis la route.

On passa la frontière italienne. Stéphane avait prévu une halte à Turin dans un restaurant recommandé par le Michelin (mais le restaurant recommandé par le Michelin était *chiuso*). Laurence souhaita s'assurer que l'établissement ne pourrait *vraiment pas* leur servir à déjeuner. On la vit s'extraire de la voiture, monter trois petites marches, se pencher sur les lattes d'un store vénitien, frapper une vitre du bout de l'ongle ; attendre, en vain, que quelqu'un vienne ouvrir. Elle reprit le volant. Madec observa sur le bord des routes une foule de gens qu'il ne connaîtrait jamais — et qui ne lui semblaient pas plus étrangers que sa propre famille. À Granville, l'enfant n'était chez lui qu'entre les murs de sa chambre. À Tanger, à Miami, à Dakar ou à Turin, il était chez lui partout : dans la découverte, il s'appropriait tout — et tout lui appartenait.

À 16 h 12 on n'avait toujours pas trouvé de restaurant, et les enfants s'impatientaient. Stéphane, qui avait soif, proposa d'acheter des paquets de chips et de gâteaux. Laurence avisa son mari qu'on n'avait pas roulé jusqu'en Italie pour manger chez Auchan. Elle opta finalement pour un snack sur le bord de l'autoroute. Les *panini* achetés, on roula encore — jusqu'à trouver enfin, en désespoir de cause, une aire de pique-nique. Il y avait deux bancs libres : on s'assit en famille pour profiter de ce premier répit. Laurence, qui n'était pas en appétit, scruta son mari d'un œil vague. Stéphane mangeait la bouche ouverte (ou plutôt, pensa-t-elle, *il bouffait*), enfournant à une vitesse extraordinaire son sandwich au *prosciutto*. Un jour, elle avait embrassé cet homme (cette pensée lui parut fantaisiste).

Laurence se remémora leur rencontre, au CHU Louis-Pasteur. Ils étaient internes. Elle tenait les écarteurs et il rinçait la plaie — sans relever les moqueries d'un vieux chef de service qui s'acharnait sur lui. Stéphane ne l'avait pas remarquée. Laurence voulait être mère. Elle avait produit un bruit de bouche pour attirer son attention (sorte de claquement de langue), qui n'avait suscité aucune réaction. C'est le soir venu que la rencontre s'était accomplie. Ils sortaient des vestiaires :

elle s'était approchée de lui pour commenter le pontage. Quel con ce docteur Thimonier. Et même pas drôle. Stéphane avait proposé à Laurence de la raccompagner jusqu'au parking. Dehors, devant l'hôpital, il avait ôté son masque de coton. Ce n'est qu'à cet instant que sa future femme avait découvert la balafre qui lui traversait la moitié du visage : une cicatrice monumentale débutant à la commissure des lèvres, et se terminant sous le menton. En se reformant, la muqueuse labiale avait suinté comme une confiture. *A posteriori*, sa réaction avait dû froisser Stéphane ; elle était restée figée, comme au spectacle — d'autant plus que l'entaille (elle venait de s'en rendre compte) affectait l'élocution de Stéphane en déformant sa bouche à chaque voyelle.

Laurence avait repris la parole. Elle avait dit des choses transparentes ; trop occupée à examiner dans ses moindres détails le visage qui lui faisait face. Au-delà de l'horreur, la mère de Madec lui cherchait une grâce — des traits droits, deux iris clairs, un grain de peau. Elle avait trouvé tout cela. Effaré par le stigmate, on cherchait par obligeance la beauté derrière.

Si Laurence épousait ce garçon, ne passerait-elle pas sa vie à déceler du beau, plutôt qu'à s'en lasser ? Surtout, cette marque le rendait vulnérable ; d'avance assidu.

La décision fut vite prise.

Cinq ans plus tard naissait Vladimir, leur premier garçon.

7

Laurence appartenait à ce genre de femmes physiquement harmonieuses sans être charmantes, trop métalliques pour fixer la grâce. Ses traits mordaient un visage juste, ses joues étaient lisses, son front finement plissé, et ses cheveux d'un blond nordique. Seulement en la scrutant, on avait le sentiment que tout cela ne tenait qu'à un fil, et qu'elle retenait ce fil entre ses lèvres pincées.

Comme nombre de maîtresses femmes, Laurence fonctionnait sur le mode de la domination tacite, tuant dans l'œuf toute tentative de rébellion. On pressentait qu'en la réfutant on se heurterait à son souverain mépris — et son génie était de laisser croire qu'on la blesserait également d'une manière irréparable. S'il n'en était rien, tout reposait sur cette sorte de terrorisme moral qui dissuade les taulards de s'incriminer mutuellement. Exaltée par son catholicisme, enhardie par sa trinité de femme-mère-médecin, les vérités qu'elle assénait faisaient passer ses contradicteurs pour des fous ou des crétins. Laurence ne doutait que des choses incertaines (jamais de la réalité). Elle savait qu'elle savait.

En somme, c'était l'épouse idoine pour Stéphane (qui connaissait le doute — sans la force de conviction qui permet de faire douter les autres). Il démentait sa femme dans son for intérieur, mais pacifiait à longueur de journée. Il ne disait pas « Tu as raison », il disait « Sûrement », et Laurence avait fini par décréter que cela revenait au même. Son physique était plus proche de celui du jouvenceau que du père de famille : glabre comme un enfant de chœur, il ne déplorait, à quarante-six ans passés, aucun début de calvitie. À Granville, Stéphane était comme l'employé de sa compagne — n'était-elle pas la maîtresse de maison ? —, et en dépit de la répartition sexuelle des tâches, lorsqu'il sortait la poubelle ou allait arroser les hortensias, il obéissait non aux nécessités ménagères, mais aux diktats de Laurence. À l'hôpital, il restait sous ses ordres (elle dirigeait le service de cardiologie). Stéphane se souciait peu des on-dit. Plus fin que sa femme, il avait compris que c'était en la dotant d'une illusion de pouvoir qu'elle demeurait inoffensive — et souvent grotesque. Il en était conscient : c'était sa fugace vengeance.

Les Macand formaient un couple aux rôles prédéfinis. L'idée n'était pas d'échanger au jour le jour — mais de maintenir le cap. Tous deux tiraient un certain réconfort de cette lâcheté réciproque. À de rares occasions, un éclair de sensualité traversait leur ménage et, durant une nuit de vacances, un soir de Noël, les masques tombaient. Les époux se reconnaissaient. Ils faisaient l'amour. Alors Stéphane mettait de côté sa sujétion, il montait à quatre pattes sur Laurence et l'agrippait aux hanches. Le lendemain, on tirait les rideaux d'un doigt de pied, on ne parlait pas. La lumière du dehors était jolie. Quelques minutes plus tard survenait la première discorde, pour le grille-pain ou pour une brosse à cheveux. La tendresse se fanait instantanément. Chacun réintégrait sa carapace. Dans la cuisine, face au plan de travail, Laurence produisait des gestes secs, et débitait les carottes comme une mère mécanique.

Les enfants se cherchaient une place entre un père modéré, et une mère plus sévère que leur institutrice. Utilitaristes, Vladimir et Antonin savaient tirer parti de cette image d'Épinal : « Quand tu veux demander un truc à Papa, faut le faire pendant qu'il lit la Bible : il est super détendu, il dit oui à tout. » C'est que les deux frères avaient bien cerné Stéphane, que l'armagnac aidait à supporter Dieu — et que Dieu aidait à supporter l'armagnac. Seul Madec refusait d'être dupe : il éprouvait pour cela une indescriptible solitude. Sa mère avait interprété cette solitude comme un désamour — elle en fit la cause de ses migraines à répétition. Autant son mari restait prévisible comme l'Ancien Testament, autant son fils la désarçonnait sans faille, et finissait par lui communiquer sa précoce mélancolie.

Un soir où Laurence peinait à trouver le sommeil, le téléviseur du salon lui avait divulgué l'existence des *gymnophiones*. Ces amphibiens réunissaient la forme d'un serpent, le gluant d'une anguille, et la saleté d'un lombric. On apprenait que leur peau dégageait des sécrétions *toxiques et nauséabondes*. À l'image, une mère *gymnophione* était entourée d'une quinzaine de ses petits, qui dormaient lovés les uns autour des autres. Puis subitement, au milieu de la nuit, les petits s'étaient activés sur leur génitrice. À quoi s'affairaient-ils ? — ils la dévoraient. Grâce à leurs mandibules, ces nouveau-nés déchiquetaient l'enveloppe (nutritive) du corps maternel. Laurence avait éteint le poste. Depuis, elle s'était éveillée à plusieurs reprises en nage, les paumes plaquées sur le nombril, avec le sentiment de se faire tarauder le ventre par ses propres enfants. Ces nuits-là, les bras réconfortants de Stéphane l'insupportaient plus que tout ; elle se réfugiait dans les toilettes, assise sur la cuvette jusqu'au lever du jour.

À la lisière du Piémont, les Macand posèrent leurs valises dans une maison d'hôte de Novi Ligure. Sèche, la campagne paraissait authentique. Fatigués par le voyage, les enfants désiraient se coucher, mais Stéphane convainquit sa femme de les emmener à la *Festa della democrazia* qui se tenait sur la place principale. Vladimir fit un caprice pour *rester*, et reçut une baffe. Dans la voiture on ne parla pas. Stéphane avait faim et imaginait son repas. Il y aurait des crevettes, des pâtes fraîches tranchées à la demande et un parfum d'ail. Il y aurait une tuile au chocolat roulée sur elle-même autour d'une crème à l'orange et des gâteaux secs aux amandes à tremper dans un verre de vin rouge pétillant parfumé à la fraise. Faudrait-il faire le bénédicité ? Le père de Madec ne trouva aucune raison valable d'y couper — *surtout en Italie.* Après quelques minutes de marche, on repéra le chapiteau qui abritait la guinguette. À côté du chapiteau, un tas de petits vieux endimanchés valsaient sur une piste de danse éclairée par les spots du stade local. C'était le bal très triste et très banal de Mouloudji. Deux couples féminins tournoyaient au centre du cortège : c'étaient les veuves.

Vladimir et Antonin coururent vers les attractions. Ils affichèrent le sourire qui obtient des accords. Stéphane leur tendit un billet, mais Laurence s'interposa, et les enjoignit d'être prudents avec *le jeu de massacre*. Tout le monde trouva cette réaction stupide, le jeu de massacre n'ayant de violent que son nom. Stéphane ajouta quand même : « Écoutez votre mère. »

Madec s'était écarté de lui-même. Laurence l'aperçut près d'un vieil homme qui vendait des porte-clefs réalisés à partir de scorpions piégés dans de la résine. L'arachnide noir rappelait à l'enfant son caméléon (il mourait d'envie d'accrocher ce porte-clefs à sa ceinture, pour penser à Big *tout le temps*). Mais il connaissait sa mère. Madec ne chercha même pas à argumenter, et fit demi-tour vers Laurence (qui cavalait déjà dans sa direction). Lorsque son fils fut à portée de bras, elle lui saisit sèchement la main. Tandis qu'elle l'éloignait, Laurence entendit un « *Signora ! Signora !* » : c'était le vieil homme qui courait vers Madec, en lui tendant un porte-clefs. La mère mima avec les paumes qu'elle n'avait pas de monnaie ; le vieux articula d'une voix humide : « *È un omaggio !* » — et plaça un scorpion dans le creux de la main de Madec. Laurence ne sut que dire. Si son instinct de mère l'incitait à décliner un cadeau rebutant, sa foi catholique ne pouvait qu'admettre la bonté du geste. Elle arracha la breloque du poing de son fils et répéta « *Grazie mille* ». Remorqué par sa mère qui démarrait de nouveau, Madec se retourna pour échanger un dernier regard avec le vendeur. Le vieil homme lui souriait tendrement.

8

Madec bouda toute la soirée. Laurence savait pourquoi. De retour à la chambre d'hôte, elle le retint un instant sous le patio :

— C'est très gentil ce qu'a fait le monsieur mais pour l'instant je le range quelque part, un scorpion ce n'est pas fait pour un enfant de sept ans.

— Je veux juste le voir. Je veux pas le manger.

— On en reparle demain.

Madec gravit à contrecœur l'escalier qui menait à la chambre de ses frères. Ceux-ci testaient déjà la résistance des lattes ; mais les matelas n'étaient pas à ressorts, et rebondissaient mal. Il se coucha, se rappela que Laurence défendait de porter les vêtements *de jour* dans des draps propres (comme il était interdit de s'asseoir fesses nues sur les dessus-de-lit des hôtels en sortant de la douche). L'enfant se releva pour enfiler son pyjama.

Avec les résidus du sucre de barbe à papa massé entre ses molaires, Antonin formait des boulettes visqueuses et les propulsait sur Vladimir. Vladimir menaça de lui baisser le froc s'il était atteint (ce qui se produisit). L'aîné se précipita sur le cadet, qui se réfugia sous le lit de Madec. Déchaînés, les deux garçons se poursuivirent dans la chambre en heurtant tous les murs ; jusqu'à renverser deux chandeliers. Vladimir captura finalement Antonin, l'immobilisa en l'étranglant à moitié et tira son caleçon jusqu'aux chevilles. Les trois enfants se trouvèrent tout à coup embarrassés : il bandait.

Ce fut le moment que choisit Laurence pour entrer en scène. Furibarde, elle s'apprêtait à jouer son rôle de mère — à s'indigner d'un chahut audible depuis l'autre aile du bâtiment — lorsque son regard dégringola avec les autres sur le sexe de son plus jeune fils. C'était comme une aporie. En bon médecin, elle réagit pragmatiquement ; et remonta la culotte d'Antonin plus haut que le nombril. Laurence énonça d'un ton machinal : « Vous dormez maintenant et je ne veux plus entendre un bruit. » Elle sortit sans croiser les yeux de Madec qui la regardait fixement, et la nuit tomba.

Le site Web promettait un lotissement de prestige : les Macand posèrent leurs valises devant un amas de bungalows industriels. On entendait distinctement la route nationale, dont les pinèdes (conformément à l'annonce) masquaient toutefois la vue. Stéphane avait payé cher ces vacances, et Madec éprouva de la compassion pour ses parents. À l'intérieur des bungalows, on trouva un carrelage gris, des murs pastel, un petit poste de télévision qui diffusait Al Jazeera, France 24 et CNN. Aux murs, des sous-verre de Chagall, Klimt ou Monet. Hormis l'odeur d'urine macérée, l'ensemble évoqua à Madec la *Demeure des Anciens Combattants*, où il était allé rendre visite à son arrière-grand-mère avant qu'elle ne meure en février. Stéphane s'était écroulé sur son lit. Les mains croisées sous le crâne, il esquissait un sourire tranquille. Sans lui demander son avis, il tira Antonin sous son aisselle et réclama qu'on lui passe la télécommande.

Laurence était mortifiée : les Josserand arrivaient demain, et c'est elle qui avait choisi la résidence. Trop tard pour décommander. Avec sa veulerie habituelle, ce ne serait pas Stéphane qui prendrait les choses en main. La mère de Madec pénétra d'un pas ferme dans la chambre parentale et se plaça exactement devant le poste qui diffusait un match de football. C'était sa spécialité d'obstruer les écrans. Chargée de linge, Laurence éprouvait un plaisir supérieur à ajuster ses passages sur les temps forts du programme sportif en cours — si possible au moment des buts, ou bien des penaltys. Ignorant tout des règles, il subsistait une part de hasard mais, la plupart du temps, elle parvenait à camoufler très précisément la zone où le ballon s'enfonçait dans les cages.

Cette fois-ci, Laurence s'était immobilisée plus d'une minute devant le poste, ce qui signifiait qu'elle avait une déclaration à faire. Son mari grognassa un peu. Elle se lança :

— Comment tu trouves ?

— Comment je trouve quoi.

— Le style, la déco, la clientèle…

— L'important c'est d'être ici tous ensemble : on ira à la mer, à la piscine ; ça me va très très bien.

Stéphane bénit Laurence, qui s'était légèrement inclinée — et laissait entrevoir un coup franc. Sa femme semblait égarée dans un grand songe social, dont Stéphane l'extirpa, sur un coup de sifflet de l'arbitre roumain :

— Tu trouves pas bien, toi ? l'interrogea-t-il d'une voix détachée.

— Je trouve... (il y eut une longue pause, comme si elle cherchait un mot compliqué) je trouve ça moyen.

— Tout est archicomplet à cette époque.

— Que veux-tu : avec les Josserand qui arrivent demain on ne peut plus faire marche arrière.

Stéphane crut bon d'en rajouter une couche :

— Le but n'est pas de rester enfermés. Est-ce que tu as vu la piscine ?

Sur ces mots, Laurence changea de mine. Cela n'avait rien à voir avec l'évocation de la piscine. Elle venait de raisonner :

— Ceci dit, le fait que ce soit cher produit déjà une sélection, on ne sera pas avec des ploucs.

Stéphane se réjouit de cet exutoire qu'il n'avait même pas eu à concevoir. Il acquiesça copieusement. Comme Laurence éprouvait encore le besoin d'obstruer la télévision, elle énonça des paroles de mère :

— Vlad, Anto, Madec, on va enfiler les maillots et aller voir où est la piscine.

Elle ouvrit une valise, en sortit trois slips de bain qu'elle enfila sur ses garçons. À Madec, qui se cachait le zizi, elle fit le coup du *Tu crois que j'en ai pas vu d'autres avant toi* et du *C'est pas ton petit vermicelle qui va me faire peur*, sans se demander pourquoi elle tenait tant à regarder le pénis de son fils. Laurence pria Stéphane de l'informer s'il comptait rester avachi tout l'après-midi devant la télévision. À cet ordre, le père se redressa et conduisit les enfants dehors.

Laurence profita du calme pour vérifier la fermeture du loquet intérieur des baies vitrées et activer la climatisation. Passant son bikini, elle constata qu'elle ne s'était pas épilé le contour du maillot. Ça pourrait attendre. À travers son bermuda qu'elle étendait sur le bord du lit, la mère de Madec perçut un élément rigide, qu'elle dégagea de la poche. C'était le scorpion de résine : elle l'avait oublié — il fallait s'en débarrasser. Laurence se dirigea vers la cuisine (mais naturellement, Stéphane n'avait pas encore placé les sacs-poubelle). Elle grimpa sur une chaise et fit disparaître le porte-clefs au-dessus du placard le plus élevé. On vit se répandre une volute de poussière. Ayant considéré une dernière fois son entrejambe, la mère noua un paréo autour de ses hanches, et rejoignit la piscine.

9

Sous la surface de l'eau, le monde convenait mieux à Madec. Ses frères le cognaient au ralenti, on planait comme dans un ciel liquide, et les laids n'étaient plus que flous. Un soir de Noël, Vladimir avait raconté qu'on entraînait les crawleurs chinois en lançant à leur poursuite un alligator. Si les vrais reptiles n'inquiétaient pas Madec, les imaginaires le tétanisaient. L'enfant ne connaissait qu'une peur, celle de se baigner dans une eau sombre. Il y avait ce souvenir persistant de Noirmoutier, lorsque Stéphane avait proposé un bain de minuit le soir du 14-Juillet. Sous le clair de lune, la mer clapotait comme une bouche d'ogre. *Non* ne veut rien dire quand on a cinq ans : le père avait immergé Madec contre son gré. L'enfant s'était débattu, écrasant avec ses petits pieds le testicule droit de Stéphane qui, plié de douleur, l'avait violemment giflé. La mer était venue jusque dans ses yeux.

Madec chercha les siens autour de la piscine. Son père avait disparu. Antonin se tenait debout sur les épaules de Vladimir. Ils vacillèrent, et s'écroulèrent dans l'eau en éclatant de rire. Pourquoi Madec ne se divertissait-il pas ? Pourquoi regardait-il la vie, au lieu de la vivre ? Jamais il ne s'était senti malheureux, seulement il ne comprenait pas la nécessité d'aller à l'école, à l'église, chez le dentiste, de recevoir des cousins à dîner. S'il consentait à jouer le jeu, c'est qu'il guettait la moindre de ses parenthèses — ces instants où, fracassant le réel, l'imprévu pouvait éclore. Une parenthèse, c'était le nuage de craie qui provoque l'éternuement de la maîtresse ; c'était le reflet azur du vitrail coulant sur le nez de Julien Matis ; c'étaient deux grandes personnes qui s'aiment sans se le dire.

Une femme vieille en maillot bariolé évoqua à Madec son caméléon. Il se figura Big en train de ruminer ses mouches. Pouvait-on enseigner la natation aux caméléons ? L'enfant plongea la tête sous l'eau et s'imagina près de son reptile. Il évacua tout l'air de ses poumons afin de couler comme une pierre. À plat ventre, le nez contre le fond, il ferma les yeux en suppliant son corps de devenir bleu, pour disparaître une seconde. Manquant bientôt d'air, il se propulsa vers le haut. Des voix sourdes tourbillonnaient alentour, comme dans une autre dimension. Au moment de percer la surface, Madec sentit un poids s'abattre sur son crâne. Par réflexe, il raidit les cuisses — pour s'opposer encore au même phénomène. Lorsqu'il réalisa qu'on l'empêchait sciemment de sortir la tête de l'eau, le manque d'oxygène était déjà trop intense. Le petit garçon ne put se retenir d'inhaler une louche de liquide chloré.

On venait d'apporter son premier *mojito* à Ron Murdoch lorsque, pensif sur son transat, il aperçut deux têtes blondes en train de secouer dans le bassin un enfant immobile. Sans réfléchir, Ron plongea dans la piscine avec son cocktail (dont les feuilles de menthe se répandirent à la surface). Il attrapa Madec sous les aisselles. Le petit ne respirait quasiment plus. Lorsque Ron l'étendit sur le rebord, une foule de curieux s'amassait déjà autour du minuscule torse haletant. Depuis les vestiaires, Laurence Macand perçut une agitation. L'instant d'après, elle se jetait sur son fils en hurlant. Elle demanda à Vladimir ce qui s'était passé (mais son fils était trop honteux pour ouvrir la bouche). Laurence enchaîna des gestes de secours qui firent cracher de l'eau à Madec. La voix maternelle ramena le garçonnet sur terre. Il l'avait échappé belle. Vladimir s'approcha et lui dit à l'oreille : « On n'a pas fait exprès. » Madec ne savait pas *exprès de quoi*, mais sourit par gentillesse. Laurence remercia chaleureusement Murdoch. Elle l'invita à dîner, il déclina cordialement sa proposition et regagna le bar de la piscine pour commander un nouveau verre.

Vladimir et Antonin s'attendaient à *ce que ça barde*. Miraculeusement, la correction redoutée se convertit en tendresse pour Madec. Laurence lui prépara une *chambre à part* dans le petit salon, y déplaça la télévision et lui apporta un goûter sur un plateau décoré de fleurs. Avec le recul, elle n'avait pas suffisamment remercié le touriste anglais. S'il était père, il comprendrait. Qu'est-ce qui était passé par la tête d'Anto et de Vlad pour tenter de noyer leur frère ?

On frappa trois coups. C'était Antonin qui apportait un courrier à son grand frère. La lettre avait l'aspect d'un parchemin roulé, et son pourtour semblait carbonisé. La déposant sur le chevet de Madec, il sortit en silence. Laurence déchiffra à voix haute :

> *On ai désoler de t'avoir fai coulé, cétai pour rire*
> *enfaite cétai pas drole on tembetera plu jamai.*
> *Pardon que t ai bu l'eau de la pissine*
> *signai Antonin et vladimir*

Malgré la baroquerie du document (ainsi que le mystère alarmant du papier brûlé : où, avec quel briquet ?), Laurence se félicita de l'initiative des garçons — qu'elle ne traînait pas à la messe pour rien. Madec avait-il envie de quelque chose ? *Rien* répondit l'enfant, si ce n'était la main humide de sa mère.

Puis tout à coup, Madec se souvint : il voulait son scorpion. Laurence contracta les masséters. Dans son état de convalescence, il était *hors sujet* de tripatouiller *ce truc plein de miasmes.* Les parents croient que les enfants sont dupes de leurs mensonges. La mère murmura d'un ton ennuyé :

— Tu sais quoi, je l'ai oublié sur la table du restaurant, ou alors il est tombé de ma poche parce que je ne le retrouve plus. Papa t'achètera un autre porte-clefs demain.

Le scorpion devint un enjeu politique. Furieux mais stoïque, l'enfant se cramponna à l'idée de remettre la main sur ce spectre de résine. Une voiture se rangea devant le bungalow. Stéphane revenait du marché les bras chargés de produits et de vins locaux. Laurence, qui affectionnait les effets d'annonce, déclara à son mari depuis le pas de la porte :

— Madec s'est noyé.

10

— J’ai cru qu’il était mort. Je sors des vestiaires, je vois un attroupement au bord de l’eau, je m’approche — curiosité pas complètement malsaine étant médecin, et là qui je vois : Madec, les yeux fermés, allongé par terre. J’ai cru qu’il était mort.

— T’as pas paniqué ?

— Écoute, j’ai gardé mon sang-froid, en même temps je suis habituée, mais quand c’est tes gosses…

— Quand c’est les tiens, tu sais jamais comment tu vas réagir.

— Je sais pas comment j’ai réussi à garder mon calme, par chance un type très gentil — un Anglais — l’avait sorti de la piscine, j’ai commencé à lui faire un massage pulmonaire, il n’avait pas inhalé beaucoup d’eau.

— Tu m’étonnes…

— J’ai eu peur, peur.

— Mais qu’est-ce qui s’est passé en fait ?

— Si tu veux tout savoir, repartit Laurence en levant les yeux au ciel, ses crétins de frères empêchaient Madec de sortir la tête de l’eau. Alors bien sûr lui il essayait de remonter, il y arrivait pas, il essayait, il y arrivait pas... Des fois, on se demande ce qu'ils ont dans le crâne.

— Écoute : plus de peur que de mal.

— T'as raison, c'est ça qu'il faut se dire.

Comme un miracle, la noyade avait permis de ne pas évoquer la résidence. Les Josserand avaient débarqué quelques heures plus tard. Laurence avait épié le regard de Sylviane. Hasard ou bien chance ? une averse avait éclaté, et tout le monde s'était abrité dans le bungalow des Macand (sans trop observer le paysage). On s'était embrassé.

Le bruit de la pluie sur les carreaux parut *tristoune* à Stéphane, qui *mit* le CD de Charles Trenet. Laurence baissa le volume dès les premières notes du *Débit de l'eau*. Mahaut, qui avait sommeillé tout le voyage et se réveillait juste, demanda Madec. Laurence lui expliqua que son copain était *superfatigué*, qu'il avait bu la tasse — qu'il faudrait qu'elle soit très prudente elle-même dans la piscine — qu'il se reposait pour le moment — et que ça lui ferait très plaisir de la voir, *après*. Madec, qui avait entendu sa mère depuis son lit (elle haussait le ton pour parler aux enfants et aux personnes âgées), voulait voir Mahaut sans attendre, et le fit savoir. Les adultes rirent de concert. Sylviane Josserand, qui observait Laurence, la trouva décidément trop maigre. Elle se consola en se souvenant qu'elle était née avec *de gros os*.

Madec aimait Mahaut. Lorsque Fabien et Sylviane passaient en Bretagne et faisaient étape à Granville, les deux enfants dormaient ensemble dans la chambre du haut, à deux pas du grenier. Bercés par les clameurs des adultes, ils se lançaient des défis. Mahaut était cap' de jeter une soucoupe du service à café dans la mer, Madec de se shampouiner avec de la mayonnaise. Alléguant que ses parents étaient d'accord, Mahaut lui avait aussi proposé de *faire un enfant*. Il suffisait de s'embrasser sur la bouche. Madec ignorait si ses parents à lui seraient d'accord : après le baiser, mortifié, il avait regagné son lit, convaincu d'avoir commis l'irréparable. Au matin, soulevant lentement sa couette, il avait cherché un bébé dans la chambre. Par chance, personne n'était né.

Le père de Mahaut était architecte. Sans en connaître la signification, Madec adorait le mot, de sorte qu'il répondait toujours *architèque* lorsqu'on lui demandait ce qu'il voudrait *faire plus tard*. En outre, Fabien était beau. Madec jalousait Mahaut, qu'il avait promis d'épouser quand elle serait grande. À la différence de Stéphane, le visage de ce père-là n'était pas abîmé. Fabien ne perdait pas une occasion de le faire valoir. Les lignes sur son front étaient larges, et harmonieuses comme des lignes d'autoroute. Elles dessinaient un angle parfait avec des cheveux poivre et sel arrangés en arrière. L'aventure récente entre Fabien et sa secrétaire avait réjoui Laurence : devant les larmes de Sylviane, elle s'était résignée, en bonne confidente, à composer avec le physique de Stéphane. Malgré cela, la mère de Madec ne savait plus où piocher l'affection qui avait un jour rendu son mari désirable. Pourquoi cette distinction entre une cicatrice et une ride ? s'interrogeait-elle — c'étaient bien deux sillons.

Lorsque Stéphane se brossait les dents, crachait sa mousse rose dans le lavabo et se redressait devant le miroir, il se voyait. Stéphane avait été mignon ; et puis, un jour, on n'en avait plus parlé. Chaque soir, avant de s'assoupir, il n'osait prier Jésus d'être joli encore.

Le grain avait cessé. Quand on eut parlé route, étapes et météo, les Josserand s'orientèrent vers leur bungalow. Le temps pour eux de *défaire les valises*, on se donna rendez-vous à la plage pour 14 heures. Sur le parking, Fabien échangea avec Stéphane une plaisanterie de père de famille, qui inaugura le début des vacances. Vladimir et Antonin allumèrent un poste de télévision que leur mère éteignit aussitôt. Laurence les somma d'ouvrir un livre. À son époque, on savait s'occuper sans écrans. Étonnamment, il vint à Vladimir l'idée de tergiverser :

— Antonin y sait pas lire.

— Mon pauvre garçon, tu me désespères.

— Bé si !

— Et pendant ce temps-là on discute. Vlad, entonna Laurence en portant sa voix (comme si quelqu'un d'autre se trouvait dans la pièce), quand c'est pour regarder la télé, il te trouvera toutes les excuses. Alors tu sais quoi : tu vas lui faire la lecture à ton frère — à moins que tu ne saches pas lire non plus ?

Vladimir soupira. Il fit glisser la fermeture Éclair de son sac à dos afin d'en extirper le Folio de *La Bête humaine*. Étonné de trouver son marque-page page 28, l'enfant éprouva une joie éphémère : le roman commençait page 26, et la veille il avait sauté la préface.

Laurence n'en avait pas terminé avec sa légitimité :

— Je ne comprends pas, ça devrait être un plaisir. On adorait Balzac à mon époque. Tu me feras la joie d'avancer d'au moins trente pages par jour. Je te poserai des questions.

Laurence s'en voulut d'avoir ajouté cette clause, car elle n'avait jamais lu *La Bête humaine*. Elle se corrigea :

— Et tu raconteras à ton père ce qui se passe dans chaque chapitre.

Stéphane affectionnait les naturalistes (mais il avait mauvaise mémoire). À tel point que Laurence venait de le faire douter : Zola ou Balzac ? Depuis la cuisine, il recommanda à Vladimir d'obéir à sa mère et changea de sujet :

— Les Josserand, c'est pas gênant qu'ils soient à l'autre bout de la résidence ?

— Au contraire, répondit son épouse qui s'était enfermée dans la salle de bains pour s'épiler les sourcils, on ne sera pas les uns sur les autres.

Vêtue d'un bikini mis exprès pour Sylviane, Laurence entreprit de composer un sac de plage. Stéphane observa furtivement l'aine de son épouse penchée vers l'avant ; et eut envie de relire le Nouveau Testament. Il lui tendit une petite bible qui rejoignit les crèmes solaires.

11

Le soleil s'était appliqué. Antonin, qui avait menti à sa mère en jurant que son père l'avait crémé, ne pouvait plus se palper les épaules. Laurence le tartina de lait après soleil (il geignit comme un cochon qu'on égorge). Vladimir n'était pas écarlate : lui qui avait essayé de lire *La Bête humaine* sous le parasol fut récompensé de sa bonne volonté. Stéphane commença à cuisiner des *pâtes au lait.* C'était le plat des enfants lorsque les parents étaient de sortie. Tous trois raffolaient de cet amas visqueux de cheveux d'ange et de mousse crémeuse. On appela Madec à table, qui avait somnolé tout le jour. Quand la famille fut réunie, Laurence se tourna vers son fils aîné — qui connaissait déjà en substance la question à venir. *Comment s'appelle le personnage principal ?* Vladimir avait du mal à retenir les prénoms. En général, il identifiait un groupe de lettres auquel il n'attribuait aucun sens global. L'enfant réfléchit de toutes ses forces : « *Si… Sil… Silyne* ».

— Silyne ?

— Ah non, c'est Sibyne.

— Tu es sûr ?

— Sibyne.

— Ce ne serait pas Sibylle, à tout hasard ? tenta Laurence.

— Non. Sibyne.

— Il y a une Sibyne dans *La Bête humaine* ? demanda-t-elle à son mari.

Stéphane n'en avait aucune idée. « Vlad, tu vas me chercher le bouquin », exigea la mère. L'enfant revint penaud avec l'ouvrage. Elle le feuilleta quelques secondes puis, consternée, dévisagea son fils : « *Séverine*. Je me demande si tu n'es pas arriéré. » Vladimir se mit à glousser, non d'embarras, mais de plaisir. Ce spectacle enchanta ses frères. Laurence lui intima l'ordre de lire à voix haute la page où il en était resté, pour retenir *au moins ça*. On se tut dans la cuisine :

— *D'une secousse, Roubaud remonta Séverine* — Vladimir prononça « Sévérine » et cette fois-ci, Laurence ne sut restreindre un éclat de rire —, *l'adossa contre le bois du lit. Puis, demeurant à genoux, pesant sur elle, il put parler enfin. Il ne la battait plus, il la torturait de ses questions, du besoin inextinguible* (l'enfant buta sur le mot) *qu'il avait de savoir. « Ainsi tu as couché avec, garce !... Répète, répète que tu as couché avec ce vieux ! Et à quel âge, hein ? toute petite, toute petite, n'est-ce pas ? »* — Vladimir avait déclamé la colère sans y mettre le ton, ce qui ôta du génie à Zola. *Brusquement, elle venait d'éclater en larmes, ses sanglots l'empêchaient de répondre. « Nom de Dieu !... Veux-tu me dire ! Hein ? Tu n'avais pas dix ans, que tu l'amusais, ce vieux ? C'est pour ça qu'il t'élevait à la becquée, c'est pour sa cochonnerie... »*

Laurence l'interrompit :

— Lis-nous un autrc passage.

Son fils s'exécuta :

— *Alors, Jacques fut pris du désir de voir la blessure, pendant qu'il était seul. Une inquiétude l'arrêtait, l'idée que, s'il touchait à la tête, on s'en apercevrait peut-être. Il avait calculé que Misard ne pouvait guère être de retour, avec le chef de gare, avant trois quarts d'heure. Et il laissait passer les minutes, il songeait à ce Misard, à ce chétif, si lent, si calme, qui osait lui aussi, tuant le plus tranquillement du monde, à coups de drogue* — Laurence toussa dans sa serviette. *C'était donc bien facile de tuer ? Tout le monde tuait. Il se rapprocha. L'idée de voir la blessure le piquait d'un aiguillon si vif que sa chair en brûlait. Voir comment c'était fait et ce qui avait coulé, voir le trou rouge !*

— Bon, trancha promptement Laurence, tu continueras demain, maintenant on va se coucher ; parce qu'après s'être occupés de vous toute la journée, Papa et Maman ont envie de passer la soirée avec leurs amis.

Stéphane n'adorait pas que sa femme parle à sa place. Il sortit chercher les Josserand pendant qu'elle supervisait le brossage des dents — dont Madec fut extraordinairement dispensé. Absorbée par le bruit répétitif du frottement des brosses, Laurence se remémora les scènes qu'elle venait d'entendre : on n'avait pas souvenir d'un Balzac aussi provocant. Il fallait être un peu pervers (elle prononçait *perverse*, même au masculin) pour imposer *ça* à des gosses de sixième. Elle en toucherait deux mots au proviseur. La sonnette du bungalow interrompit les phrases de parent d'élève qu'elle préparait déjà dans sa tête. Fabien était accompagné de Mahaut. Sa fille apportait un cadeau à Madec. On se rendit dans le petit salon qui était devenu sa chambre. Déchirant le papier de soie du paquet, le garçonnet découvrit un livre d'aspect ancien, et qui s'intitulait :

CARNETS ORIENTAUX DU CAPORAL POLICARD
— *Formes et Mythologies du Kappa* —

Sur la tranche de cuir, un idéogramme doré évoquait l'ombre d'un monstre à la forme étrange. Fabien prit la parole du ton jovial qui sied aux histoires dotées d'une chute :

— On faisait des courses en ville avec Sylviane, on cherchait un chapeau de plage pour la petite, et je tombe sur une brocante de livres, le truc folklo, ambiance sympa... On traînouille un peu, et je sais pas pourquoi, ce bouquin attire mon attention — tu le crois : c'était le seul écrit en français. Devine de quoi ça parle. D'un démon qui se cache dans l'eau pour noyer les gosses. Alors j'ai pensé à notre Madec national, je me suis dit, ça lui fera au moins un souvenir de sa grosse tasse !

Laurence remercia beaucoup Mahaut et Fabien, et demanda à Madec de faire de même. Absorbé par les estampes contenues dans son livre, l'enfant n'entendait rien. Il supplia sa mère de lui lire le début. Laurence expliqua que Fabien allait s'en charger pendant qu'elle couchait ses frères. Ayant allumé une lampe de chevet, elle sortit de la pièce. Fabien attaqua la lecture du texte d'Albert Policard.

— *Alphonse de Lamartine admettait déjà en son temps « qu'il n'y a d'homme plus complet que celui qui a beaucoup voyagé, qui a changé vingt fois la forme de sa pensée et de sa vie ». Je pus m'en rendre compte par moi-même lors de l'expédition orientale que je fis en 1912 sur les ordres du président*

Poincaré. Je passai quatre mois en l'Empire japonais ; d'où j'allais rapporter davantage de souvenirs et d'effigies que n'aurait pu en contenir le plus éminent cerveau de ces messieurs les Sorbonnards — Fabien comprit pourquoi Albert Policard n'avait pas marqué la littérature. *L'ordre de ma mission, diplomatique s'il en fut, ne consista néanmoins pas tant…* — il passa une série de feuillets et reprit plus loin — *que je décidai de m'attarder sur la légende très particulière du « Kappa ». Ne me semblant en effet correspondre à aucune de nos mythologies classiques, il me vint l'idée de décrire les avatars de cette croyance si envoûtante pour les Nippons que je la soupçonnai à plusieurs reprises de n'être pas pleinement infondée…*

Fabien élimina encore quelques pages et parvint au chapitre premier intitulé « Description de la légende du Kappa » :

— *Le Kappa, dont les Japonais rendent compte par le moyen des idéogrammes* 河童, *est une créature imaginaire qui se cache dans les rivières, les lacs, et les étangs du nord du Japon, pour assouvir un même et récurrent désir cruel. On le décrit comme un diablotin aquatique, de la taille d'un petit singe, et à l'apparence de tortue anthropomorphe. La bouche de ce monstre, en forme de bec lisse, contraste avec l'aspect abject de son crâne, qui comporte en son sommet un trou béant bordé de poils drus* — Fabien sauta un paragraphe. *Quel est le dessein de ces êtres ? Attirer les enfants afin de les noyer ; et de quelle manière ! en aspirant leurs organes par l'orifice de leur anus. Imaginez un jouvenceau se faire absorber les entrailles par le bec révulsant d'un Kappa — et vous aurez une idée de l'effroi que peut susciter pareille menace chez les jeunes sujets de l'empire du Soleil levant…*

— Le Soleil levant ? demanda Madec d'une voix effarouchée.

— C'est l'autre nom du Japon, répondit Fabien, qui continua de lire avec le même entrain. Alors le problème, nous raconte cet Albert Policard, c'est que les Kappas sont très polis malgré leur méchanceté. Ils savent très bien parler japonais, et ils jouent même au *shōgi*, qui est l'équivalent de notre jeu d'échecs, tu connais les échecs ?

— Non... bredouilla Madec en s'enfouissant sous ses draps.

— *Il est arrivé que des Kappas chantonnent des chansons, ou imitent le bruit d'un papier de bonbon, afin de piéger leurs proies. En outre, ces créatures sont particulièrement farceuses.* — Madec, qui ignorait le sens de l'adjectif « farceuse », n'osait plus ouvrir la bouche. Depuis plusieurs minutes, la peur l'avait paralysé. — Mais bon si tu veux, commenta Fabien en riant, les Kappas n'ont pas vraiment le sens de l'humour, parce que leurs plaisanteries consistent principalement à s'introduire dans les villages pour voler de la nourriture, lâcher des gaz et regarder sous les jupes des filles...

Laurence bordait Vladimir lorsque la voix puissante de Fabien lui rappela l'heure. Antonin sollicita *le dernier bisou*, qu'elle lui accorda. Elle sortit de la chambre pour se diriger vers la salle de bains. Quelque chose l'inquiétait depuis son dernier passage aux toilettes. Faute d'intimité, elle n'avait pu s'examiner jusqu'à cet instant. Elle approcha son visage du miroir grossissant pour observer deux taches claires, presque blanches, sur le haut de son front. Elle ne les avait jamais vues. Laurence se convainquit qu'il s'agissait de *taches de soleil.* Elle murmura : « J'ai mal réparti la crème solaire » mais entendit, comme un écho récalcitrant : « C'est trop dur de vieillir. »

De son côté, Fabien achevait la lecture du chapitre :

— Heureusement, et là ça va t'intéresser, Madec, il y a quelque chose que les Kappas aiment encore plus que les enfants : ce sont les concombres ! Policard écrit : *Pour cette raison, que l'on ne s'étonne point de voir flotter d'étranges et solitaires cucurbitacées à la surface des étangs japonais ; il s'agit là de conjurer le mauvais sort !*

Stéphane referma le livre qui expectora un nuage sale ; avant d'ajouter d'un ton paternel :

— Voilà, mon grand. Et la dernière histoire, c'est dodo !

Sur cette formule, Stéphane s'apprêtait à quitter Madec lorsque Laurence reparut dans le petit salon. À peine la mère eut-elle éteint la lumière qu'on entendit un cri affreux. Madec s'était roulé en boule sous sa couette, et criait au secours. À part lui, il avait chuté dans une eau noire — une eau infestée de Kappas ; il sentait les monstres frôler ses mollets, guetter le moment propice pour enfouir leurs rostres piquants au fond de son anus. C'était quoi un *nanusse* ? Qu'importe : il souffrirait. Une patte moite et velue écarta de force les paupières de l'enfant : c'était Laurence qui s'approchait pour l'apaiser. Elle serra son fils dans ses bras, et l'embrassa dans chaque œil. Perturbé, Fabien ne sut quoi ajouter. Il convint avec Laurence de la retrouver *au resto.*

Alors qu'il s'éclipsait opportunément du petit salon, on entendit un murmure d'enfant :

— Je veux des concombres.

12

Dès son entrée dans *La Buona Tavola*, Laurence se dirigea d'un pas autoritaire vers les cuisines et demanda le chef. Elle remarqua qu'avec les Josserand ils étaient les seuls clients du restaurant. Le chef était un homme dodu qui semblait avoir passé sa vie en cuisine. La mère de Madec tenta de se faire comprendre :

— *You have... how you say Italian, cucumber, you know : legume, green.*

— Ah si, *zucchini* ! dit le cuisinier.

— Voilà, répondit Laurence.

Le chef disparut et revint quelques secondes plus tard avec un légume vert.

— *Oh, no, no, this is* courgette *: no need,* bafouilla la mère de Madec, *I am look for* concombre, *cucumber, you know ?*

— *Le...* aubergine *?* essaya le chef.

— Non, *no aubergine.* Concombres.

Laurence détacha une facture vierge sur le comptoir et saisit un stylo. Dépitée, elle constata que le concombre qu'elle venait de dessiner ressemblait à s'y méprendre à une courgette. Optant pour une autre stratégie, elle crayonna une marmite qu'elle barra d'une grande croix. Puis elle répéta : « *Size same, but no cook. No hot : eat cru !* » Les yeux du chef s'illuminèrent tout à coup : enfin il avait saisi. À la joie de Laurence, il disparut de nouveau vers ses fourneaux.

Madec avait cessé de pleurer. Il tremblait ; immobile, sous des draps remontés jusqu'au menton, les yeux fermés dans l'obscurité de sa chambre de fortune. Il aurait voulu n'avoir jamais écouté Fabien. Maintenant, il savait que les Kappas existaient — et qu'un jour ils s'en prendraient à lui. Pourquoi le Japon ? Il y avait des enfants dans tous les pays du monde. Le vieux Garrec avait mauvais caractère, mais n'était pas méchant. Surtout, quel intérêt d'aspirer les enfants quand on aimait mieux le concombre ? L'esprit emmêlé, Madec sortit de son lit pour enfermer le livre des Kappas dans le placard des toilettes.

Laurence vit le chef revenir des cuisines sans concombre — mais avec un dictionnaire de poche *Francese-Italiano, Italiano-Francese.* Encaissant sa défaite, la mère de Madec chercha les *c* et pointa du doigt le légume problématique. L'Italien s'écria : « *Oh ! Ce...tri...ol...i ! I cetrioli !* » ; puis il reprit le stylo pour agrémenter le croquis de Laurence de quelques rainures latérales. Minutieux, il repassa sur les premiers traits, comme pour préciser le contour du végétal. Alors le chef releva la tête vers sa cliente en s'excusant : « *Scusi, ma non ne ho più oggi...* »

Madec se rendit vite compte de sa bévue : cacher le livre des Kappas dans une pièce d'eau. Il n'y avait pas pire endroit. Cette pensée lui noua les tripes. Ayant tourné deux fois le verrou du petit salon, il se remit au lit. En attendant les concombres, de quelle parade disposait-il en cas d'attaque ? L'enfant fit le tour mental de la pièce, mais ne trouva aucun objet susceptible de le protéger face à un Kappa mal luné. Il passa en revue ses jouets, ses livres, sa brosse à dents, les épices de la cuisine. Rien ne lui parut suffisamment valable ; lorsqu'il eut une idée : le scorpion. Il lui fallait le scorpion.

Laurence avait promis. Elle expliqua la situation à Stéphane, qui transmit sa commande aux Josserand et s'en alla démarrer la 807. Avec son épouse, ils partirent à la recherche d'une épicerie de nuit. L'intérieur de la voiture sentait le caoutchouc brûlé : ils ouvrirent les fenêtres. Au bout d'un quart d'heure, on croisa une supérette. Laurence avait recopié le vocable : elle tendit son papier à la vendeuse qui, par miracle, avait bien des *cetrioli*. Ce soir-là, elle en vendit deux kilos.

Où une mère cache-t-elle *quelque chose* ? Il fallait raisonner par étapes. On pouvait éliminer la chambre des parents : dégoûtée par l'objet, Laurence ne l'aurait pas entreposé près de sa couche. Ni dans sa chambre à lui, cela allait de soi. Restait la salle de bains, qui ne regorgeait pas de recoins, la chambre de ses frères — mais ils furetaient partout —, le hall d'entrée, et la cuisine. Madec se dirigea d'abord vers le hall d'entrée. Cette chasse au trésor lui avait fait oublier ses angoisses, et il fouilla méticuleusement le couloir du bungalow.

La boîte à clefs était vide — trop évident —, rien non plus dans les chaussures par terre, ni près du sac de plage. Les placards coulissants n'avaient pas encore été garnis. Cheminant de quelques pas, l'enfant chevaucha sur une dalle branlante. Le sang bondit dans son thorax : c'était *obligé*. Il se pencha lentement, essaya de la soulever, mais ses doigts étaient trop gros déjà. Par chance, Madec connaissait la solution (pour l'avoir vue dans un film) : il se dirigea vers la cuisine pour chercher un couteau à pointe fine.

— Qu'est-ce qui l'a paniqué, ce gosse ? s'interrogea Laurence à voix haute.

La mère de Madec cherchait à rompre la monotonie de la route à la faveur d'un bavardage qui l'accaparerait peu. Stéphane somnolait. Elle répéta sa question.

— C'est quoi cette histoire de Kanas ? demanda-t-il d'une voix molle.

— *Kappas*. Des monstres qui bouffent les gamins dans l'eau. Super histoire pour coucher un gamin de sept ans.

— Pourquoi Fabien lui a lu ça ?

— Mais demande-lui, puisque c'est ton ami !

Laurence avait botté en touche par réflexe, et sans raison. Après quelques secondes de silence, elle se résolut à relancer elle-même la conversation :

— C'est un bouquin qu'il a rapporté d'une brocante. Il a pensé que ça ferait plaisir à Madec, comme il venait de se noyer.

— Tu as raison, répondit Stéphane qui s'endormait à nouveau.

— J'ai raison de quoi ? s'irrita Laurence.

— Que… c'est un cadeau bizarre.

On entendit un nouveau silence.

— Que tu m'ignores les neuf dixièmes du temps, reprit la mère de Madec, c'est un fait. Mais lorsqu'il s'agit des petits tu pourrais faire l'effort de t'intéresser un minimum à leur éducation.

— Je ne vois pas en quoi cette histoire de monstres aquatiques aurait à voir avec leur éducation, riposta Stéphane, galvanisé par le ton de son épouse.

Cette rébellion déstabilisa Laurence. Elle faillit se servir du *Un peu de pudeur devant les enfants* — mais ce n'était pas possible. À la place, elle afficha une moue blessée qui signifiait « C'est noté », et coupa le contact. On venait d'arriver à nouveau devant le restaurant.

Comme s'il était surveillé, Madec s'interdit la lumière. Il attendit que ses pupilles se dilatent, et commença à explorer la cuisine. L'obscurité ne faisait pas disparaître les formes, mais les couleurs. Est-ce ainsi que voyaient les gens dans les vieux films ? L'enfant ouvrit le tiroir à ustensiles. Il choisit une grande fourchette à viande. Ça ferait l'affaire.

Le garçonnet s'apprêtait à rejoindre la dalle secrète lorsqu'une intuition lui fit redresser la tête : les placards. Ce qui différenciait le plus un enfant d'un adulte n'était pas son ingéniosité (ou son discernement), c'était sa taille. Lorsqu'un adulte voulait cacher quelque chose, il le mettait *en haut.* Madec déplaça une chaise de bar, monta sur celle-ci, puis sur la table. Les placards au-dessus de la hotte étaient gras. Ils ne contenaient que de la vaisselle — mais il y avait plus haut encore. Dans l'égouttoir le petit garçon aperçut le couscoussier que sa mère venait de rincer. Il le retourna, le plaça sur la chaise de bar et grimpa sur le tout. Ses yeux accédèrent enfin au sommet des placards. Malgré le peu de lumière, la première chose qu'il discerna fut le porte-clefs. Cette découverte l'exalta. Madec se penchait davantage pour saisir le scorpion lorsque l'équilibre réparti entre le couscoussier, la chaise de bar et les vingt-sept kilogrammes de l'enfant se rompit. Il bascula violemment en arrière, son crâne heurta l'angle de la table à manger ; il s'écroula par terre en s'embrochant, au milieu de la nuque, sur la fourchette à viande qu'il avait gardée en main. On oublia le scorpion, car le métal chatouillait sous la gorge d'une façon inédite. Un demi-soleil se répandit. Madec se contracta, pissa quelques gouttes, et toussa une dernière fois avant de mourir. Vladimir et Antonin, qui avaient perçu un fracas, se retournèrent sous leur couverture en laine polaire.

Laurence s'était garée en double file devant le bungalow. Elle saisit le sachet de concombres sur la banquette arrière, sortit les clefs de sa jupe en jean, ouvrit la porte d'entrée et se dirigea vers la chambre temporaire de Madec. On n'entendait pas un bruit : l'enfant avait dû s'endormir — et cette idée la soulagea.

La mère entra dans le petit salon avec les légumes dans une main, se pencha sur le lit d'appoint, qu'elle trouva vide. Elle ouvrit la porte des waters, qui étaient vides aussi. Cela devenait inquiétant. Elle pénétra dans la chambre des garçons — mais pourquoi Madec les aurait-il rejoints, quand ses frères le répugnaient autant que les *Kappas* ? Son fils n'était pas là. Elle referma la chambre sans bruit et regagna l'entrée, anxieuse. La salle de bains ouverte n'était pas éclairée. Maigre comme tout, pas gourmand pour un sou, Madec n'avait pas l'habitude de farfouiller dans la cuisine. En pénétrant dans la pièce, Laurence buta sur quelque chose de mou. Elle alluma le plafonnier — et découvrit son fils étendu par terre, le crâne enfoncé au côté gauche, une fourchette à viande dépassant de la glotte. L'ustensile s'était planté si précisément et si fermement dans la chair de l'enfant que très peu de sang avait jailli. Laurence redressa le menton pour entrevoir le couscoussier, le tiroir ouvert ; la chaise de bar. On n'eut pas le temps de réfléchir. Elle attrapa le couscoussier, le replaça sur l'égouttoir, aligna la chaise contre le mur, déplia la nappe jaune posée sur la table, la laissa retomber lentement sur le corps.

La mère ferma les yeux le temps d'une expiration, et s'agenouilla. Avec délicatesse, tâchant de ne pas heurter la fourchette à viande, elle souleva Madec en l'enveloppant dans la nappe jaune et déposa sa dépouille à l'angle du couloir. Laurence revint dans la cuisine, trouva sous l'évier une lingette Javel, et s'accroupit pour éponger le sang. Ayant enfoui la lingette dans la nappe roulée, elle hissa le tout jusqu'au coffre du monospace.

Une pluie battante avait rendu la nuit plus noire. Les *warnings* clignotaient encore. Laurence passa la marche arrière. Elle roula jusqu'à l'extrémité de la résidence et aboutit au local à poubelles. L'orage s'apaisa en quelques secondes ; l'air exhalait la sève de pin. Juchés sur le dévers du canal d'évacuation (creusé derrière le local), les épineux ondulaient placidement. La mère sortit le fils du coffre et le déposa dans le petit canal à demi gorgé de boue. Elle couvrit le tout d'une ramée de pinastre (arrachée en s'éraflant les doigts). Aveuglée par les phares de sa propre voiture, elle inspira si fort que de l'eau de pluie s'introduisit dans ses sinus et la contraignit à toussoter. Elle remonta à bord.

L'instant d'après, on vit une 807 se garer devant *La Buona Tavola*. On vit une femme aux vêtements mouillés en sortir. On vit la femme rejoindre la table de ses amis, se recoiffer en crochetant ses doigts comme un peigne, découper la part d'une pizza quatre-saisons dont elle déplora la froideur. On vit cette femme manger. On la vit rire.

13

D'un doigt, la mère goûta le tiramisu de Stéphane. On voulut savoir si les concombres avaient calmé Madec. Elle répondit « Oui » sans réfléchir, et se corrigea : « Il dormait quand je suis entrée. »

Laurence n'était pas dans le déni. Elle avait vu le sang sur la bouche de Madec — elle l'avait vu comme on voit les morts respirer au cinéma.

Comme les morts, son fils dormait.

On apporta l'addition. Sylviane avait commandé une entrée ainsi que les onéreuses pâtes aux fruits de mer. Fabien proposa de faire *une cote mal taillée*, mais Stéphane la joua grand seigneur et insista pour régaler. Cette largesse déculpabilisa Laurence — son amie Sylviane ne pourrait plus rien dire sur la qualité de la résidence.

Lorsque Stéphane démarra la 807 sur le parking du restaurant, Laurence se retourna vers la plage arrière. Pensant avoir oublié son téléphone portable sur le comptoir du restaurant, elle sortit de la voiture, mais revint les mains vides ; l'appareil se trouvait dans sa poche. Stéphane était exténué. La pensée de sa douche, du brossage des dents et du passage d'un pyjama l'épuisa. Il ferait l'impasse sur les dents. Le claquement des portières résonna froidement dans la nuit. Le père de Madec s'approcha de l'entrée du bungalow. La porte était entrouverte, et la lumière l'éblouit. Un enfant était-il sorti ? Précédant sa femme, il pénétra dans la grande chambre : *les garçons* dormaient paisiblement. Laurence referma la porte tandis que son époux se dirigeait vers le petit salon. Il entra dans la chambre de fortune et se pencha sur le canapé-lit, qui était vide. Laurence s'approcha comme pour le vérifier. Stéphane alluma le plafonnier. Dehors, le vent dans une gouttière émit un sifflement. On scruta la pièce blanchie par la lumière : les rideaux tombaient plats, les penderies étaient vides — et Madec avait disparu.

Stéphane se souvint de l'infirmière écrasée sous les huîtres, de la séquestration du vieux Garrec, de ces récits que son fils seul semblait engendrer. C'était *le genre de Madec* de se lever en pleine nuit pour aller baguenauder. Avant d'alerter la police, il convenait d'inspecter les jardins de la résidence. À tous les coups, on retrouverait l'enfant en train de nourrir les mouettes, ou de converser sur la plage avec des marginaux. Stéphane proposa à son épouse de *faire un tour en voiture* pendant qu'il irait à la plage, et si besoin à la piscine. Laurence lui sembla désorientée. Sortant du bungalow, il ferma la porte à double tour.

La mère de Madec hésita à démarrer. Pourquoi percevait-elle l'image récurrente de ce linceul, étendu dans un fossé noir ? Son fils trottinait. Il chantait des comptines. Celle des oiseaux d'ici et d'ailleurs. Celle de *Monsieur Maïs*. Elle débraya.

Stéphane orientait sa lampe de poche dans toutes les directions. Dégagée, la lune se reflétait sur les flaques. La plage comme la piscine étaient indéniablement désertes. Il héla son fils, sans oser hurler complètement. Soudain, dans un recoin on entendit des couinements. *Madec et les animaux*. Le cœur plein d'espoir, le père s'approcha du recoin, pour n'y trouver qu'une chatte blanche qui venait de mettre bas.

L'image du linceul devint persistante. Laurence décida de se diriger vers le local à poubelles. Par précaution, elle éteignit ses phares. Le ravin était attenant au local ; elle s'y pencha. Une étoffe claire, imbibée de boue et imprégnée d'une tache sombre dans sa partie supérieure, obstruait l'écoulement de l'eau. Le rouleau contenait une chose dure, et Laurence s'accroupit pour mieux voir. Avait-elle trop bu ? D'une main, elle pinça le tissu. Ce n'était pas Madec : c'était sa dépouille.

Si la vérité n'aimait pas Laurence, Laurence le lui rendrait bien.

Un long moment, elle ferma les yeux. Le pied qu'elle posa au fond du ravin s'enfonça dans la bourbe ; l'autre servit à hisser le suaire jusqu'à la voiture. Sans doute, il fallait reprendre la route.

S'il avait croisé un gamin en pyjama à cette heure-ci, le garde de nuit ne l'aurait pas laissé filer. La résidence déplorait-elle des problèmes de délinquance ? *Dieu non.*

Les deux hommes se regardèrent. Pour la première fois depuis la disparition (dix-sept minutes), Stéphane se remémora le visage de son fils ; comme pour s'en souvenir toujours. Le gardien lui secoua l'épaule : il était temps de contacter la police.

Laurence roulait depuis plusieurs minutes lorsqu'elle croisa un panneau barré à la peinture blanche, qui indiquait autrefois la *Scogliera Dorata.* Cette falaise, que le soleil d'avril dorait entre 6 et 7 heures du soir, avait été naguère l'attraction locale. On avait interdit son accès en 1999, après que des touristes japonais étaient tombés dans le vide. Le bord escarpé de la pierre rendait impossible l'installation de balustrades — et le promontoire était trop réduit pour qu'on y installât un commerce de glaces. Ne sachant tirer bénéfice de ce lieu à problèmes, la municipalité l'avait condamné. Laurence se gara sur le bas-côté. Elle souleva le corps de Madec et enjamba la clôture qui bloquait l'accès à la falaise. De hautes herbes chatouillaient l'intérieur des genoux. Sous ses pieds, le chemin sablonneux se transforma en granit. Les nuages dans la nuit glissaient à toute vitesse, emportés par des vents qui devaient être considérables. Laurence s'approcha du vide. La mère ferma les yeux une nouvelle fois ; si intensément qu'elle faillit perdre l'équilibre. Les lèvres jointes, elle lâcha son fils. Le fracas des vagues engloutissant tout, la chute avait peut-être duré une heure. Lorsqu'elle éternua, Laurence se trouva soulagée de tirer du fond de sa poche un mouchoir froissé (mais encore propre).

Tous les rêves ont-ils une signification ? Ron Murdoch avait somnolé trente minutes et s'était réveillé en sueur. Il décida d'aller marcher. La pluie avait fraîchi l'air. Pas une fenêtre n'était éclairée dans la résidence, et Ron eut la sensation de se promener dans un cimetière. Il se sentit isolé de tout. La décision de Magnus était légitime. Mais pourquoi s'être ravisé si tardivement ? L'argent gâché n'avait aucune importance ; Ron *devait* revenir en Italie. Seulement, ce soir, il venait de comprendre que rien ne changerait plus, qu'il mourrait seul — ici, comme à Leicester. C'est sur la pensée du mot *seul* qu'il entendit le moteur d'une voiture pénétrant dans la résidence et roulant dans sa direction. Il lui sembla reconnaître la mère du garçon qu'il avait secouru à la piscine. Ron se souvint du visage de Madec, de ses cheveux orange — de l'envie qu'il avait éprouvée de l'embrasser sur les lèvres.

Lorsque Laurence entra à nouveau dans le bungalow, elle découvrit Stéphane en compagnie du garde de nuit. Le garde de nuit venait de prévenir la police, qui débarquerait d'un moment à l'autre. Laurence salua le garde. En italien, il lui demanda s'il pouvait se servir un verre d'eau : elle reconnut le mot *acqua* dans sa phrase, et se dirigea vers la cuisine. Actionnant le robinet, la pointe de son mocassin buta sur un petit objet. Elle baissa les yeux : c'était le scorpion. Le scorpion de la fête foraine, à demi enfoui sous le réfrigérateur. La mère s'immobilisa — et se souvint du porte-clefs dissimulé en haut du placard, du nuage de poussière, de la chaise déplacée. Alors, dans une fulgurance, Laurence se souvint aussi de Madec, de la fourchette à viande, de la chaise de bar, et du couscoussier : ce n'était pas un accident.

Son fils s'était tué par elle.

En un instant, Laurence vit son monde s'effondrer. Stéphane et le garde de nuit se précipitèrent dans la cuisine pour la trouver à terre, saisie de spasmes, hurlant à la mort, s'éraflant les paumes sur les éclats du verre qu'elle venait de lâcher, étalant son sang sur ses joues et ses vêtements. On aurait dit un mauvais remake de *L'Exorciste*. La scène était pourtant effroyable. Stéphane prit Laurence dans ses bras et la porta jusqu'au petit salon. Sa femme avait du mal à respirer. En dépit de sa propre angoisse, le père de Madec ne comprenait pas la crise subite de son épouse (sa disproportion ; sa cause). Il se pencha sur son visage en susurrant : « Là, là… » Lucide quelques secondes, Laurence cogita : *Là où ?* Elle n'avait jamais compris cette obsession du lieu — comme si le fait d'être quelque part arrangeait les choses.

Soudain le petit salon se teinta d'une lumière bleutée. Derrière la baie vitrée, un moteur cessa de vrombir. Stéphane courut accueillir les policiers en implorant sa femme de se reposer. Encore groggy, Laurence perçut des voix italiennes, françaises, et anglaises. Son époux dispensait les premiers détails aux forces de l'ordre. Bientôt, on viendrait l'interroger.

Laurence pensa à Antonin, à Vladimir. Combien elle les aimait.

Pour eux, elle prit une décision.

Cette décision tenait en trois mots, qu'elle prononça à voix basse pour la toute première fois : « Madec a disparu. »

14

Des brigades mobiles s'étaient dispersées dans l'enceinte de la résidence, et sur un rayon de huit kilomètres autour du bungalow. Stéphane avait passé la nuit au commissariat. Laurence était restée avec les garçons. Éveillés par le tumulte, Vladimir et Antonin ne comprenaient pas grand-chose. Comme il est d'usage, on s'était adressé à eux en des termes flous — et, comme il est d'usage, ils s'en étaient contentés.

À 7 heures du matin, Stéphane regagna le bungalow en compagnie de l'inspecteur Paolo Andreotti, qui par chance parlait un bon français. Bien bâti, mais trop infantile pour séduire une femme, son sourire en coin lui conférait un air de faux bêta. L'inspecteur enjoignit ses lieutenants de fouiller le petit salon. On s'assit dans la cuisine. Il y avait trop de monde pour une si petite pièce. Laurence fixa les semelles innocentes des agents de police, qui gommaient les résidus de son secret. Elle se souvint d'un film en noir et blanc dans lequel un inspecteur avalait le gigot qui, surgelé, avait servi à assommer la victime. Stéphane répéta une nouvelle fois tout ce qu'il savait : les enfants, le lit, le livre ancien, le restaurant, l'épicerie, le retour de Laurence, la fin du repas, le bungalow, la disparition, l'inspection de la résidence, la lampe de poche, le garde de nuit, l'appel de la police. Andreotti se tourna vers Laurence, dans un silence qui appelait une réponse. Pendant quelques instants, elle resta coite, puis, les lèvres tremblantes, se mit à articuler :

— Je confirme tout ce que vient de dire mon mari.

— Bien, madame Macand, mais il y a une partie du récit que vous ne pouvez pas *confirmer*.

— Pourquoi ? murmura Laurence d'un ton anxieux.

— Car vous devez nous la *raconter*. Lorsque vous êtes revenue, avec des concombres je crois, vous étiez sans votre mari, n'est-ce pas ?

— J'étais sans… ?

— Sans votre mari, articula plus distinctement Andreotti.

— Oui. Je suis revenue avec les légumes, à cause d'une superstition. Quand j'ai ouvert la porte du petit salon, mon fils dormait déjà. Je l'ai embrassé.

— Quelle heure était-il ?

— C'était en début de soirée : 21 h 15 peut-être.

— Avez-vous refermé la porte en sortant ?

— La porte principale ?

— L'avez-vous fermée à clef ?

— Je crois. Je n'aurais pas laissé les enfants sans ça.

— Merci beaucoup, madame.

À part elle, Laurence s'était trouvée convaincante : ce n'était pas la mer à boire. Andreotti se malaxa le menton. Aucune trace d'effraction, des volets clos, une porte fermée à clef. Friand de romans policiers, il aimait ces enquêtes qui le rendaient un peu Hercule Poirot. Chez

Agatha Christie, c'était souvent un détail qui mettait sur la voie.

L'inspecteur releva les yeux :

— Et les concombres ?

— Oui.

— Vous les avez encore ?

— Je ne sais plus où ils sont...

— Laissez. Je m'en occupe, répondit calmement Andreotti, en posant une main sur l'épaule de Laurence qui commençait de se lever.

Sans tarder, un lieutenant apporta les concombres. L'inspecteur lui demanda où il les avait trouvés, ce à quoi le lieutenant répondit que le sac était posé sur le buffet du couloir d'entrée, à côté du vide-poches. Andreotti griffonna quelques lignes sur son carnet.

Petit à petit, l'enquête s'engagea. Les Macand établirent le compte rendu de leurs derniers voyages et déplacements. Cela fut précis et laborieux. Stéphane eut du mal à sélectionner la photographie qui serait diffusée pour les recherches. Aucune ne correspondait à la réalité de son fils. Il fallut se décider. Dans toute la Toscane, fax et ordinateurs imprimèrent bientôt le portrait d'un gamin roux de sept ans nommé Madec Macand. Avant le soir, le cliché se trouvait placardé sur les halls de tous les édifices publics de la région — en couleurs ou en noir et blanc.

En l'espace d'une journée, minute après minute, imperceptiblement, Laurence changea. La pulpe de ses lèvres se raffermit, le blanc de ses yeux se dilata ; son regard disparut. Elle se mit à fixer un lieu humide où, comme étalé sur un radeau, le corps de Madec dérivait en diminuant.

N'ayant encore songé à prier, Stéphane passait continuellement de l'angoisse à l'espoir, du chagrin à l'inquiétude. Depuis son premier enfant, comme tous les parents, il se l'était figuré un milliard de fois, ce moment où, au milieu de la nuit, le téléphone sonnerait pour ne délivrer qu'un silence. Où il ne pourrait rien dire à sa femme ; où, prostré, aphone, il ne saurait que dessiner une croix tremblante sur le premier calepin à portée de main.

Stéphane aurait voulu que les vacances se poursuivent, que le sable brûle les plantes de pied, que l'eau fasse rire de froid. Il aurait aimé étaler la crème solaire sur le dos de Laurence, caresser sa femme aux yeux du monde, sous un soleil honnête.

Tout, excepté cette intuition qu'une forme de son existence était révolue — et que sa femme, sa Laurence chérie, sa Tsarine, ne serait plus jamais celle qui l'avait connu.

15

Deux jours avaient passé, et l'on en était toujours au même point. Les policiers italiens avaient entièrement fouillé la résidence, retourné la plage, inspecté chaque autre bungalow, ainsi que le *pool house*. Un appel à témoins avait été lancé, sans retour concluant. La plupart des résidents du club, comme la totalité des employés, avaient été interrogés : leurs dépositions étaient tout aussi précises qu'inutiles. Personne n'avait rien vu.

La veille, des chiens de détection avaient inspecté les lieux. Devant les cinq bergers allemands muselés qui se trouvaient devant elle, Laurence avait ressenti ce coup de froid qui précède le désaveu. Par chance, il avait plu *la nuit de Madec* (c'est ainsi qu'elle s'y référait intérieurement). Promenés des heures durant dans la résidence, les chiens n'avaient identifié aucune trace. Laurence étendait méthodiquement du linge dans le petit jardin lorsqu'elle avait entendu Andreotti regagner le bungalow avec les maîtres-chiens et proposer, pendant qu'ils y étaient, de « vérifier aussi l'intérieur ». Discrètement, elle avait fermé le verrou de la porte d'entrée. La poignée s'était abaissée à deux reprises, puis les maîtres-chiens étaient partis : de toute manière, on savait bien que le gosse avait habité là. Laurence avait ouvert un nouveau sachet de lingettes Javel pour frotter davantage le sol et les plinthes de la cuisine.

Le soir de la disparition, les Macand n'avaient pas réveillé les Josserand. Ce n'était que le lendemain matin, en appelant Stéphane pour convenir d'une heure de rendez-vous à la plage, que Fabien était tombé sur Laurence. Sa voix était inhabituelle. Elle avait dit : *Madec a disparu*. Fabien avait répondu un long *Merde*. Puis il y avait eu les questions ordinaires ; le lieu, l'heure, la date. Laurence répétait « Je ne sais pas », ou « On ne sait rien ». Elle avait demandé : « Comment va Mahaut ? », ce à quoi Fabien avait répondu « Bien », avant de lui passer Sylviane. Les deux femmes avaient parlé quelques minutes. On avait eu les *Je n'arrive pas à croire que c'est vrai*, les *Ça me paraît absurde, absurde*, les *Qu'est-ce qu'on peut faire ?* et le traditionnel *Je suis sûre qu'on va le retrouver*. Laurence riait très intérieurement. Vint la question des vacances : les deux mères éprouvèrent au même instant un regret à l'idée du renoncement obligatoire. Leur amitié se trouvait là.

— On est avec vous, on est là pour vous aider, dit Sylviane.

— J'ai peur que ce soit plus difficile qu'autre chose, répondit Laurence sans saisir le sens de sa phrase.

— Oui, affirma Sylviane sans le comprendre non plus.

— Il faut mettre les choses à plat, poursuivit Laurence.

— Tu as besoin de quoi que ce soit ? proposa son amie, qui cherchait à revenir sur un terrain plus intelligible.

— Stéphane a passé la nuit au commissariat, je n'ai pas bougé d'ici pour les garçons.

— Ça t'arrangerait que je les récupère ?

Il y eut une pause. Laurence n'avait pas conçu cette alternative. De fait, ses deux fils étaient encombrants : ils la rendaient forte. La vérité brille mieux dans les larmes. Si Fabien et sa femme regagnaient la France avec *les garçons*, ils résoudraient deux problèmes ; celui de leur présence, et de celle des garçons.

L'artifice n'est plus une contrainte lorsqu'il s'oppose à des personnages inconnus — il est un nouveau mode de la réalité.

Face à elle-même, pour la première fois depuis des années, Laurence Macand remontait le temps. Elle se remémora l'époque d'*avant les enfants*, les vinyles des Pink Floyd, de Dick Annegarn et des Stones ; les révisions d'endocrino sur le lit d'internat de Valence, tout contre Stéphane. Elle aimait réentendre les titres de sa jeunesse sur Nostalgie. Pourquoi n'avait-elle jamais l'idée de les lancer elle-même ? *Il y a un temps pour tout.* L'espace d'une seconde, elle éprouva un sentiment d'abandon total. Elle ne comprit plus pourquoi les gens faisaient *l'effort de vivre.* Depuis vingt ans, elle avait suivi un chemin sans risques, qui comprenait la plupart des éléments du bonheur. Aujourd'hui, face aux plaques vitrocéramiques de son bungalow toscan, assise sur la chaise gravie une seule fois par Madec, le vide s'imposait à Laurence avec tous ses arriérés.

Il fut rapidement question de *rester en Italie*. Stéphane et Laurence durent rencontrer le directeur de la résidence. C'était un jeune homosexuel au passé acnéique (ses joues semblaient creusées comme celles d'une vieille religieuse). Le trentenaire portait une chemise mauve et était diplômé de l'école d'hôtellerie de Lausanne. Il indiqua deux sièges aux Macand. La conversation se fit en français. Tout courtois qu'il était, le directeur s'avoua irrité par les interventions de la police. Des clients avaient été interrogés, et le personnel réquisitionné à plusieurs reprises. Il paraissait effectivement nécessaire que les Macand demeurent en Toscane quelques jours supplémentaires (selon l'avancée de l'enquête). Seulement la résidence, aussi désolée que possible pour la disparition de leur fils, était avant tout un établissement commercial et ne pouvait se permettre de… — le directeur tournait maladroitement en rond autour d'un point abject. Son manque d'expérience, son ton artificiellement professionnel et la sexualité de sa diction produisaient de concert un effet parfaitement agaçant. Laurence saisit la balle au bond et l'interrompit :

— Écoutez, mon petit monsieur, je ne sais pas dans quel monde vous vivez, mais mon fils de sept ans a disparu : vous connaissez ce mot ? Alors ce que je vous propose, c'est de faire une note globale, comprenant le gaz et l'électricité consommés par la police, et la location supplémentaire du bungalow. Soyez rassuré, nous paierons *tout*.

Sur ces paroles, la mère de Madec se leva froidement. Elle avait été plus franche que le directeur, et ç'avait fonctionné. Stéphane la suivit machinalement, et ils sortirent du bureau. Sur le chemin du retour, un soleil lourd imprégnait les jardins. C'était la première fois depuis jeudi. Encore fasciné par le répondant de son épouse, Stéphane n'ouvrit pas la bouche. En son for intérieur, Laurence éprouvait un sentiment de puissance inconnu. Elle qui connaissait le pouvoir des mères *(Les hommes c'est comme les chiens, faut leur montrer les limites, ça les calme)* ne suspectait pas celui des mères atteintes dans leur maternité.

Vers 18 heures, le téléphone sonna. Les mains plongées dans l'évier, Laurence entendit le père de Madec passer de l'anglais au français en adoptant un ton déférent. Elle accourut dans la chambre. Stéphane disait : « Et ce serait pour quel journal ? » Sa femme agita deux mains prises dans des gants de vaisselle pour lui faire signe de raccrocher. Son mari, qui depuis peu — *il me fait sa crise de la quarantaine* — expérimentait le séparatisme, enfouit ses lèvres dans son épaule pour poursuivre une communication bientôt interrompue par le débranchement de la prise murale.

— C'était un journal français ! lança-t-il furieux à sa femme.

— Et… ?

— Et ils voulaient faire un article sur Madec !

— Alors toi, y'a un panneau, un seul : même pas tu tombes, tu te jettes dedans.

— Quel panneau ?

— Stéph', c'est une affaire *d'enlèvement* — Laurence répéta le mot en détachant les syllabes. On ne va pas commencer à raconter notre vie aux torchons à scandales. T'en as pas assez avec la police ?

— Le torchon c'était *Ouest-France*.

— Et qu'est-ce qu'un journal régional breton va changer à la disparition d'un gosse en Italie ?

Stéphane se sentit sot. On s'était intéressé à lui pour une mauvaise raison, et ça l'avait flatté. Il se souvint combien il avait besoin du bon sens féminin.

De retour en cuisine, Laurence fit couler de l'eau très chaude. Elle n'avait qu'un mot en tête : *Ouest-France.*

Elle se figurait la une, les photos de son fils, *J'exige que soient brouillés les visages de mes autres enfants* (elle s'arrêta sur l'expression *mes autres enfants*), le directeur de l'hôtel, le Conseil municipal (Jean-Jacques Michel), le kiosque à Granville, les fâcheux à prévoir. Tout cela était bien piteux.

Pour Madec, Laurence voyait plus grand.

16

Paolo Andreotti n'était pas marié et, selon la coutume, vivait encore chez sa mère, Gioia Andreotti (veuve depuis onze ans). Il allait sur ses quarante-cinq ans, ce qui lui laissait encore l'espoir de rencontrer la femme qui lui donnerait un fils. Paolo ne s'attendait à rien. Il avait une foule de copains, une bonne relation avec sa famille, une chambre sur la mer et, surtout, des enquêtes qui l'occupaient beaucoup.

L'affaire Macand le fit cogiter. Les kidnappings étaient pris très au sérieux — et cela faisait quarante-huit heures que Paolo n'avait pas dormi. Il rentra chez lui enfin. La langue imbibée de bière, l'inspecteur rassembla les premiers éléments d'enquête. Deux, en particulier, l'intriguaient. Un enfant qu'on enlève fait du grabuge ; or les deux frères ne s'étaient pas réveillés. Le chloroforme était plausible (mais la Scientifique n'avait relevé aucun résidu chimique). Et puis il y avait les concombres. Une mère trouvant son enfant endormi les aurait logiquement oubliés dans la chambre, ou bien rangés dans la cuisine. Que faisaient-ils sur le buffet de l'entrée ?

L'enlèvement avait dû se produire dans les jardins de la résidence. L'enfant s'était levé avec le sac de concombres à la main. Il était sorti en les oubliant sur le buffet — jusqu'à la mauvaise rencontre. Il fallait interroger de nouveau les clients et le personnel. Vérifier les casiers. Reconsidérer les alibis. On frappa à la porte. C'était la mère de Paolo, qui l'appelait à dîner. Elle lui parlait toujours comme à un enfant solitaire, avec de la compassion. Andrea, le frère aîné de Paolo, était parti à dix-sept ans de la maison familiale. Après cinq ans de silence, il était revenu avec femme et enfants. Andrea restaurait des vélos en Lombardie ; il ne parlait ni anglais ni français (*ni italien*, ironisait Andreotti), et n'avait jamais obtenu le moindre diplôme. Paolo se souvint du sexe de son frère, qu'il avait vu souvent quand celui-ci montrait son cul aux passants. Était-ce sa mémoire d'enfant qui le rendait si large ? Avait-ce quelque chose à voir avec la fugue, la Lombardie, la femme et les enfants ?

Il y avait bien eu Véronique, l'infirmière luxembourgeoise. Pendant un an, elle était venue à la maison. Ils s'écrivaient. Elle jurait de quitter son mari pour Paolo. Chez Ikea, il s'était renseigné sur les lits à deux places. Un jour, Paolo n'avait plus eu de nouvelles et, comme d'habitude, il s'était dit : *Così è la vita*. L'inspecteur descendit à table en projetant, après le dîner, de se masturber en pensant à Véronique.

Laurence Macand, d'ailleurs, avait des airs de Véronique. Les mêmes lèvres, les mêmes sourcils en couteau. À ce rapprochement, Paolo éprouva davantage d'affection pour la mère de Madec — et se promit de mettre les bouchées doubles.

Le *risotto* de Gioia exhalait le parmesan et les asperges. Paolo y plongea sa fourchette et conçut que c'était agréable, tout de même, de bien manger. Sa mère le questionna sur les affaires en cours. Lorsqu'il évoqua la disparition d'un enfant, le visage de la vieille femme s'assombrit. *Quoi de pire que la perte d'un garçon ?* Elle se figea, comme pour éprouver la chose. Elle raconta une énième fois l'histoire de Regina (dont les deux fils s'étaient tués le même jour, dans deux accidents de voiture différents). *On fait quoi dans ces cas-là, on se suicide.* Paolo réalisa à cet instant qu'il n'était pas ému par l'histoire de Regina (qu'il ne l'avait jamais été) ; peut-être parce qu'il la connaissait par cœur, peut-être parce que sa mère appuyait trop sur le drame, peut-être parce qu'il n'appréciait pas les deux fils de Regina, peut-être parce qu'il avait bu trop de bière — peut-être parce que son métier l'avait accoutumé à tout.

Plus récemment, Paolo avait été bouleversé par un autre accident, moins meurtrier. Son ami Simone Cazzi n'avait pas été gâté par la vie. Battu par ses parents qui se battaient entre eux, il était né un 29 février et ne recevait qu'un cadeau tous les quatre ans (ses parents convertis au bouddhisme méprisaient les fêtes chrétiennes). Le cadeau était en raphia ou en jute. Le lendemain de son anniversaire, Simone l'emportait en classe et les grands le lui arrachaient pour jouer au foot avec. À la fin de la journée, le cadeau était en pièces, et Simone rentrait chez lui les yeux mouillés.

Petits, ils s'étaient tous deux juré de concevoir la *voiture du futur*. Si, avec les années, Paolo avait consenti à abandonner ses rêves d'enfance, Simone s'y était cramponné. Il avait cessé de faire ses devoirs pour construire des véhicules en carton (qui avançaient grâce aux trous pour les jambes). Renvoyé du lycée, il s'était dégoté un emploi de livreur. Jadis beau garçon, Simone avait perdu ses charmes en quelques années. À présent, il vivait avec une colonie de chats, confiné dans un meublé aux relents insoutenables. C'était devenu impossible d'entrer chez lui sans avoir la nausée. Un an de vaisselle s'accumulait dans la cuisine placardée de calendriers Pirelli — et moisissait à côté des gamelles de pâtée partiellement consommées.

Cette déchéance avait duré son temps. Jusqu'au jour où Simone avait trouvé par hasard dans sa poche un ticket de loterie. De quelle manière avait-il atterri là ? Le ticket était gagnant. Pas le gros lot, mais quelque chose comme trente mille euros. Simone, qui aurait pu profiter de cette somme pour faire un grand ménage — ou pour changer de logement —, était resté fidèle à ses promesses.

Il avait posé trois mois de congés (ses premiers en tant que livreur) pour *tuner* la voiture de ses rêves.

En dépit de leur amitié, Paolo devait le reconnaître : le résultat était chargé. Simone avait mis dans une seule Toyota trente-cinq ans d'idées accumulées. La nouvelle carrosserie évoquait la *batmobile* (mais en vert), chacune des quatre jantes était différente (dans sa matière comme dans sa forme). L'habitacle avait été entièrement décoré façon jungle tropicale, et les boutons du tableau de bord se trouvaient tous associés au cri d'un animal différent (singe hurleur, jaguar, éléphant, coq — *je voulais aussi une bête normale*). Les essuie-glaces, en particulier, selon qu'ils balayaient la droite ou la gauche du pare-brise, émettaient un son de ouistiti ou de gibbon. La sono « XB60 » conférait du timbre au dispositif (les caissons de basses se trouvaient sous les sièges des passagers). Enfin, des LED cachées projetaient sous la voiture mille éclats multicolores à la moindre accélération.

Le bonheur avait duré soixante-douze heures. Trois jours après l'inauguration de l'*Exoticar*, confondant le jaguar et le tamanoir, Simone avait percuté un camion-poubelle. Lui était indemne, mais son véhicule irréparable. Apprenant la nouvelle, Paolo avait ressenti une peine immense en se figurant l'accident, la toute première réaction de Simone face à la carcasse comprimée de son rêve. Peut-être le jus des ordures, en déclenchant les essuie-glaces, avait-il fait résonner dans les rues un dernier cri de ouistiti. Depuis ce malheur, Simone était plus amorphe que jamais. Avant de reprendre le travail, il avait reversé ses dernières économies à une association caritative de soutien scolaire.

Ayant embrassé sa mère sur le front, Paolo remonta dans sa chambre en fourrant dans sa poche une serviette de papier.

17

Laurence se rendit compte qu'elle n'avait pas mangé depuis quatre jours. Elle était épuisée, mais n'avait pas faim. L'image du corps de Madec revenait par intermittence, et immédiatement elle pensait *Je ne l'ai pas tué*. Au sortir de la douche, elle attendit que la buée se dissipât pour observer le reflet de son corps. Les côtes sous la poitrine commençaient à se révéler, en formant un angle inédit. Ses yeux se posèrent sur une cicatrice en bas du ventre ; la césarienne de Madec. Ses deux frères étaient nés *normalement*. L'image du rasoir sur sa peau gonflée comme une toile contraignit Laurence à s'asseoir sur le bidet. C'était hier. La mère se demanda ce que signifiait *donner la vie*.

Stéphane frappa à la porte. Laurence enfila son peignoir et débloqua le verrou. Déjà nu, son mari entra. Elle observa ses fesses imberbes, gélatineuses, identiques à celles de ses vingt ans. Souvent, Laurence confiait à qui voulait l'entendre : « Stéphane, c'est comme un enfant supplémentaire. » Sans le savoir, cette phrase la consolait, parce que les mères ne couchent pas avec leurs enfants. Sporadique, le rapport sexuel était une sorte de flatulence, conséquence bruyante et incontrôlable des corps.

Laurence imagina l'accident de voiture qu'avait subi Stéphane, le marquant au visage d'une trace indélébile. Quittant la salle de bains, dans un dernier regard oblique, elle aperçut son sexe. La mère de Madec se souvint d'un article paru dans la *Revue médicale de procréation*. L'étude suggérait un rapport entre le sexe des enfants et la taille du pénis du père. Les spermatozoïdes femelles étaient plus rapides qu'endurants ; le contraire pour les mâles. Une éjaculation proche de l'ovule (courante avec un sexe long) favorisait la course des filles (les gamètes mâles perdant sur la vitesse). Laurence s'entendit penser quelque chose, mais se défendit de le formuler clairement.

Il fallait au moins prétendre se nourrir. Près d'une casserole de bouillon, la mère se rappela le coup de fil d'*Ouest-France*. Avait-elle bien fait de couper la conversation ? Y aurait-il d'autres sollicitations ? Ce qui manquait à l'affaire pour grossir, c'était un coupable. Le temps de mener son raisonnement, le bouillon bouillait. Laurence se dit que le temps passait vite. Stéphane pénétra dans la cuisine. Il lui demanda ce qu'elle préparait. Répondant *une minestrone de légumes*, Laurence entendit sa propre voix à l'extérieur d'elle-même — comme une existence simultanée, mais en dehors de soi. Était-ce *un* ou *une* minestrone ? Longtemps elle avait hésité entre *un* et *une* fanfare. Laurence se remémora une scène de son enfance. Visite de Paris en famille. Place du Châtelet, il y a un orchestre de cuivres. La fanfare joue des airs connus, avec plus ou moins de brio. Autour des jeunes musiciens, une foule captivée s'est amassée. Quand la fanfare cesse de jouer, la foule applaudit à tout rompre. Les spectateurs qui déposent une pièce dans le béret retourné, devant les musiciens, n'osent pleinement s'approcher ; ils se retirent à reculons, avec déférence. Dans leur vie quotidienne, ces fanfarons sont étudiants, garçons de café, oisifs et baladeurs. Place du Châtelet, ils sont uniques. Laurence scrute le mur invisible qui sépare l'orchestre de son propre monde. Elle veut apprendre le saxophone.

Andreotti sonna vers 13 heures. Il expliqua aux Macand que les perquisitions s'intensifiaient, que la brigade maritime explorait à présent les côtes à la recherche d'un corps. Le mot *corps* glaça Stéphane. Laurence, qui ingénument n'avait pas considéré les brigades maritimes, sentit la terre s'effondrer sous ses pieds. Ce serait fini : dans la honte et la douleur, on reviendrait à Granville.

L'inspecteur lui changea les idées lorsqu'il évoqua *les médias*. La presse commençait à s'intéresser à *l'affaire* — des caméras viendraient bientôt camper devant le bungalow. Il fallait s'en méfier *comme de la peste* (Andreotti aimait les expressions idiomatiques). Laurence prit un air docte et rétorqua que c'était *niet*. Il y eut un blanc. Elle s'en voulut. Avec tact, Andreotti expliqua que néanmoins, dans une certaine mesure, *ça pouvait aider pour les recherches*. Sans délai, Laurence répondit que *dans ce cas bien sûr*.

La mère de Madec s'étendit sur le canapé du petit salon. Durant un après-midi, elle ne fut pas en mesure de bouger ou de parler — tétanisée à l'idée qu'on repêche dans la mer, au bas de la falaise dorée, le corps transpercé de son fils. Un documentaire d'Arte sur *le métier d'acteur* gravitait dans sa tête. Le temps du tournage, Catherine Deneuve *était* son personnage. Elle *était* une demoiselle de Rochefort ; et ne sortait du rôle qu'à sa toute dernière scène. À quel moment Laurence devrait-elle jouer sa dernière séquence ?

Si Madec avait existé, il devait flotter contre un rocher, blanc entre les algues, vivant dans la mort. L'image ne traumatisa pas la mère. Son fils était ailleurs.

Stéphane aurait voulu se punir de n'avoir été plus heureux *avant.* Une cicatrice devait-elle décider pour sa vie ? On disait : « Un grand timide. » Le but de l'existence n'était-il pas d'accroître sa connaissance du monde ? Relire Spinoza. Prénom : Bacchus. Ou bien Baruch. Il ne le savait plus. Le père de Madec aurait aimé être philosophe. Pour donner un sens à la grisaille. Après deux verres de *limoncello,* il sortit rejoindre ses fils chez les Josserand.

La mère de Madec s'était enfin assoupie. À 19 h 30, on frappa à la porte. Il fallait s'attendre au pire — c'était Andreotti. Les pieds froidis par le carrelage, Laurence accueillit l'inspecteur avec l'impression que son cœur cherchait à s'échapper de sa poitrine. Elle le conduisit dans la cuisine, où il s'assit en dégageant de sa sacoche une pochette de photographies. L'inspecteur en isola quelques-unes, toutes d'un même homme, qu'il disposa en ligne face à Laurence.

La mère l'entendit dire, presque enthousiaste : « Nous avons un suspect. »

18

D'abord, Ron Murdoch se rappelle une cuisse qui déborde d'un bermuda. La cuisse est frêle, presque blanche, lisse comme l'intérieur d'une bouche. Lorsqu'il pose sa main sur la cuisse, Oliver ne bronche pas. Les enfants n'ont pas de corps privé. Ron se souvient combien de fois sa mère lui a tâté l'anus et le pénis en public. Ses doigts gravissent la cuisse du petit Oliver, jusqu'à atteindre les testicules et serrer un sexe miniature qui se raidit. La suite est naturelle.

Il y a d'autres garçons dans l'école anglaise de Rome. C'est comme un enfer. Soudainement, malgré leur insistance, la famille et les amis de Ron ne reçoivent plus de nouvelles ; jusqu'au jour où son nom apparaît en une du *Daily Sun*. PROFESSEUR PÉDOPHILE ANGLAIS ÉCROUÉ EN ITALIE. 12 FAMILLES PORTENT PLAINTE. La famille et les amis cessent d'insister. Jugé en Angleterre, Ron plaide coupable — et regrette l'abolition de la peine capitale.

Seize ans après sa remise en liberté, Ron ne conserve qu'un souvenir vague de la prison. Il entrevoit un crépi mauve, se remémore une odeur de plâtre, de porridge et d'urine. Il se souvient d'un matin de septembre, affranchi sur un trottoir plongé dans la nuit mourante. Il chemine jusqu'au centre-ville de Leicester. Tout a changé. Ron a oublié qu'on pouvait *connaître des gens*. Il se rappelle une adresse. Le *Gloucester* existe encore, mais n'ouvre qu'à 20 heures (pour la *Fairy Queer Night*). Le soir venu, Ron entre dans le bar gay et commande un brandy. Au moment de payer, il dit : « Je suis sorti tout à l'heure de prison. » Le patron lui offre sa consommation, et lui propose de l'héberger pour quelques jours.

James White a racheté le bail du *Gloucester* en 1997. Il habite l'appartement du dessus avec son *barmaid* de vingt ans. Magnus connaît par cœur tous les titres de Placebo. C'est un gosse vulgaire et mignon, qui veut devenir chanteur. On n'ose questionner Ron sur sa condamnation. Au fil de leur cohabitation — et en dépit de l'isolement de Ron —, les trois hommes se rapprochent. Aidant au bar, le condamné réapprend à vivre. Un soir où James est en ville, Magnus annonce à Ron qu'il est *amoureux*. Ron lui demande « *With whom ?* » et Duke répond « *With you* ». Le choc est violent. Ron, pendant des années, a prié Dieu que personne ne s'intéresse plus à lui. En moins d'une heure, il réunit ses affaires et s'engouffre dans le premier train quittant Leicester.

À Londres, dans la précipitation, Ron choisit un emploi de vendeur dans le prêt-à-porter. Il se tient soigneusement à distance des jeunes garçons. Pour les nouvelles connaissances, il s'invente une vie d'avant, composée de voyages en Asie, d'éparses histoires d'amour, de carnets d'aquarelles. Lorsqu'il pense à Magnus, Ron se met à trembloter. Deux années passent sans remous ;

jusqu'au jour où, à minuit, on sonne à sa porte. Il n'attend personne. On sonne plus longuement. Ron s'approche du judas (mais le couloir est sombre). Il ouvre. C'est Magnus, un baluchon sur l'épaule. « *May I stay for the night ?* »

En une seconde, Ron éprouve tout le spectre des émotions humaines. Magnus se jette dans ses bras. Ils s'embrassent sur le palier, sans pouvoir se disjoindre. Les deux hommes passent cinq jours corps contre corps, uniquement interrompus dans leurs enlacements par des verres de jus de goyave. Dans un demi-sommeil, Ron s'entend dire : *Je ne te mérite pas.*

Magnus n'a pas changé. Mais il en a terminé avec sa période gothique ; il veut faire carrière dans le cinéma. Ron a beau insister, il ne parvient pas à comprendre comment Magnus l'a rejoint.

Le couple naissant s'installe dans un deux-pièces à Piccadilly. Une semaine plus tard, Ron reçoit une lettre. Qui connaît déjà sa nouvelle adresse ? L'enveloppe affiche le tampon d'un tribunal. Il s'enferme dans les toilettes. Amanda Murdoch. Décédée deux mois plus tôt. En sa qualité de fils unique, il revient à Ron d'accepter ou non son héritage. Ron s'évanouit dans les toilettes.

Ce n'est pas la mère qui meurt — c'est la famille qui renaît.

Entrouvrant les yeux, Ron aperçoit ceux, humides, de Magnus. Il pense : *J'ai peut-être mérité un ange gardien.*

Ron souhaite se charger seul de vider le logement de sa mère (espace minuscule où elle a passé les vingt dernières années de sa vie). La porte s'ouvre difficilement. Dans la pièce unique du studio, deux malles occupent une place considérable. D'un coup de marteau, Ron les décadenasse. Dedans s'entassent des milliers de tabloïds et de journaux, traitant tous de la même affaire.

PÉDOPHILE ANGLAIS ARRÊTÉ EN ITALIE

JUGEMENT CHOC EN GRANDE-BRETAGNE

RON MURDOCH,
UN INSTITUTEUR UN PEU TROP DOUX

Chaque numéro se trouve empilé par dizaines. Les reliures sont intactes, les pages jamais tournées. Ron imagine sa mère vêtue d'une tenue clandestine, en sari ou en burqa, enchaînant les kiosques à journaux, alourdie par d'immenses cabas, pour empêcher la vérité de se répandre. Le fils s'assied pour se moucher. L'air qu'il inspire a le goût de sang.

Avec l'héritage, Ron décide d'inviter Magnus en voyage. Magnus dit : « En Italie. » À cette réponse, comme chaque fois que son ombre le rattrape, Ron manque de s'étouffer. Puis il se calme. L'Italie est un pays touristique : pas lieu d'y voir malice. Sur Internet on réserve une semaine en Toscane. Il y aura une plage de sable clair et des conifères. Il y aura des bungalows individuels. Magnus n'a jamais quitté l'Angleterre, il est fou de joie. Ron ne croit plus à rien. Comme un défi, il veut essayer d'être normal.

Deux jours avant le départ, Ron Murdoch se remémore l'Italie. Son dernier transit en fourgon policier. Les *paparazzi*. Dans l'obscurité de sa chambre à coucher, l'homme doute en silence. Le remords augmente, jusqu'à peser trop lourd. Ron s'approche de Magnus qui s'endort déjà ; il le tient dans ses bras, et lui caresse l'épaule. Ron dit : « Il faut que je te parle. » Magnus grommelle. Ron avale sa salive : « Il y a plus de vingt ans, j'étais professeur en Italie. » Magnus fait mine de sommeiller. Ron se lance : « J'étais professeur d'anglais dans une école primaire, j'ai couché avec des élèves, c'est pour ça, la prison. » Magnus se met à trembler, il s'éveille tout à coup, il a les yeux remplis de larmes. Il dit : « Comment tu crois que je t'ai retrouvé ? » Il pleure plus fort : « Tu ne pouvais pas garder ça pour toi ? » Il dit, sans regarder Ron dans les yeux : « Maintenant ça existe, ça existe entre nous. » Le jeune homme se lève, boit un verre d'eau préparé sur la table de chevet, et claque la porte du salon.

Le lendemain, Magnus a quitté l'appartement de Piccadilly. Un mot sur la table : il a besoin de temps. Ron manipule deux billets d'avion LONDON-FIRENZE, les pose en équilibre sur le dos de sa main, convoque un vieux jeu d'osselets confisqué par son père. La vaisselle pue. L'air a froidi et la buée maquille les carreaux. *On ne connaît jamais l'autre.* Dans son armoire, il saisit un pull-over.

Arrivé en Toscane, Ron n'a d'autre choix que de s'oublier. De boire des cocktails, de chauffer sa peau claire en relisant Dickens. Il dit à voix basse : « On n'est pas responsable de ses désirs. » Il hésite entre deux maillots de bain, se rend à la piscine, commande un *mojito* ; il en avale une gorgée, aperçoit deux enfants dans l'eau qui en ballottent un troisième. Sautant dans le bassin, il rejoint les enfants, recueille celui qui est inanimé. Ron apaise une mère paniquée, appelle les secours, contemple le corps chétif du presque noyé. Ses yeux divaguent, il se fait peur, on l'invite à dîner ; il disparaît.

Ron se rend deux jours à Florence visiter la galerie des Offices et les jardins de Boboli. Lorsqu'il regagne son bungalow, un lieutenant l'attend devant la porte. Le lieutenant le conduit à un inspecteur. D'une voix très douce, l'inspecteur informe Ron Murdoch qu'il se trouve être le principal suspect dans l'enlèvement d'un petit garçon nommé Madec Macand.

19

La genèse d'un suspect agita les médias italiens. De vieilles archives refirent surface. Ron Murdoch eut l'impression de revivre — avec plus d'ampleur — l'expérience qui l'avait ramené à Londres en mai 1990. Il prit le parti de ne pas réagir, de *laisser couler*. Les interrogatoires, les photographes, les interviews, tout cela l'amusait à présent ; comme un jeu morbide et faux. Seule la pensée que Magnus ne tarderait pas à trouver son portrait-robot en page d'accueil de *Yahoo !* l'attristait terriblement.

Laurence fut étonnée de découvrir le visage du suspect : il n'avait pas l'air pédophile. Bellâtre, le regard posé, les cheveux grisonnants ; on aurait dit George Clooney. La mère de Madec se rappela les traits de l'homme au bord de la piscine, qui avait porté Madec à bout de bras, qui lui avait parlé si affablement. Aurait-il pu ravir un enfant ? Elle se souvint que la question ne se posait pas. Quoi qu'il en fût, Murdoch avait été coupable du pire — et pouvait payer deux fois. Face à Andreotti, elle avait observé, en larmes : « Ce qui est épouvantable, Inspecteur, c'est qu'il lui a sauvé la vie, *avant.* »

Cela ferait bientôt une semaine que Madec avait disparu — et la police stagnait. Progressivement, l'enquête devenait une *affaire*. Les premiers envoyés spéciaux arrivèrent de Paris. Le correspondant permanent de TF1 en Italie était déjà sur place. Laurence passait devant les objectifs des photographes sans se retourner. L'imitant, Stéphane avait l'impression d'être le chauffeur d'une grande dame. Ce n'était pas un sentiment inédit.

Présumé innocent, le suspect bénéficierait d'une liberté conditionnelle. Ron examina la pulpe de ses index, encore imprégnée de l'encre qui avait servi à marquer ses empreintes digitales. On lui avait également prélevé un cheveu pour les tests ADN. Face à une plantation d'oliviers, l'Anglais releva la tête pour écouter les feuilles bruire. Ce n'était pas un cliché littéraire : on aurait bien dit de l'argent. Ron s'émut de l'harmonie du paysage. La nature ne trahissait personne. Trouverait-il la force de tout quitter une nouvelle fois ; de recommencer à vivre loin ? Ron sut gré à Dieu de lui avoir confié Magnus un petit moment — et le maudit d'avoir inventé *Google*.

Si l'on prélevait une miette de son génotype dans le bungalow des Macand, l'enquête serait close, et Murdoch contraint d'avouer. Pourtant, Andreotti pressentait qu'il n'en irait pas ainsi. Depuis quelques jours, l'inspecteur avait la tête ailleurs. La veille, il s'était relevé à minuit pour se rendre au commissariat. Jusqu'à l'aube, il avait croisé les données, réétudié la liste des résidents du club. C'était un client introuvable qui avait attiré son attention — un certain Magnus Beretta. Annulation à la dernière minute d'une pension complète. Le nom de Murdoch, qui avait servi pour la réservation, semblait familier à Andreotti. Il avait contacté Mark au lever du jour (ami d'enfance, policier à Glasgow). Un coup de fil et quelques souvenirs de football plus tard, Paolo avait rassemblé les pièces.

Ron avait marché plusieurs heures dans toutes les directions, comme pour chercher quelque chose. L'air avait un goût de caramel. Il eut honte de se sentir heureux juste à cause du soleil. Près d'un arbre, il aperçut un chat bleu qui somnolait. Il fit gazouiller ses lèvres. Le chat leva une paupière, puis une patte. Il s'éloigna, fit demi-tour, et vint s'étirer contre la cuisse de Ron. Après une courte langueur, le chat se redressa. Ron se retint de le retenir. Cette froideur séduisit l'animal, qui revint sur ses pas. C'était comme de l'amour. Ron se rappela Julien Sorel et Mathilde de La Mole (son sujet de maîtrise). Le chat ronronnant sur les hanches, il fut surpris d'éprouver cette brûlure dans le ventre ; celle qui ne se manifeste qu'en face d'un être qu'on aime et qui l'ignore.

La discrétion des Macand commençait à payer. Un journaliste de *VSD* proposa cinq mille euros à Stéphane pour l'exclusivité d'une interview. Stéphane refusa et le journaliste monta immédiatement à quinze mille euros — avant d'ajouter : « Dites-moi votre prix. » Désarçonné, Stéphane répondit qu'il fallait *demander à sa femme*.

Laurence se sentit flattée par la proposition que lui rapporta Stéphane. Quinze mille euros. Intéressait-elle tant de monde ? Elle estima qu'en attendant davantage, *les enchères allaient monter*. Elle s'immobilisa. Fallait-il avoir mauvaise conscience de marchander ainsi ? Tout cela, c'était pour Madec. Pour le bonheur de ses frères, de sa famille ; pour la possibilité de vivre en dehors de lui.

Andreotti avait écumé le bungalow des Macand, sans identifier la moindre trace provenant de Murdoch. De fait, l'homme semblait s'être rangé : les psychiatres anglais le déclaraient sociable. Bien qu'il eût lui-même découvert ce suspect, quelque chose s'imbriquait trop parfaitement. Le sauvetage de Madec, l'annulation de Magnus Beretta, le passé pédophile, l'escapade à Florence — la disparition. Andreotti aimait réfléchir, et cette fois-ci, le hasard insultait son intelligence.

Détachant un à un les poils du chat sur sa chemise, Ron poursuivit sa promenade le long de la route nationale, à la lisière d'une forêt de conifères. Les derniers nuages s'étaient évaporés, et la lumière tombait verticalement sur le paysage. Ron se demanda si son père était vivant. Il se souvenait peu de son visage, mais se rappelait sa queue : rouge, foncée partout, grandiose de près. Elle lui donnait envie de vomir (même sans toucher le fond de sa glotte). Pourquoi seules les mâchoires d'un serpent étaient-elles extensibles ? Aujourd'hui Ron en était convaincu : sa mère, Amanda Murdoch, savait pour le matelas dans le garage, pour le tuyau en cuivre. Il ne lui en voulait plus. Pouvait-on vivre une fois ses deux parents morts ? Perdu dans ses pensées, Ron failli percuter un vieux panneau marqué d'une croix qui rayait l'inscription *Scogliera Dorata.*

Stéphane réalisa que, depuis la disparition de Madec, il n'avait presque pas bu d'alcool. Était-ce par *respect* pour son fils ? Parce qu'il avait la tête *trop pleine* ? À son étonnement, Laurence (qui n'avait pas d'autre interlocuteur) s'était remise à lui parler comme autrefois — désireuse de partager ses points de vue sur Andreotti, sur les autorités locales, ou sur l'état psychologique d'Antonin et de Vladimir. Elle disait :

— La seule chose qui me réjouisse, c'est qu'on ait réussi à tenir les garçons éloignés de tout ça.

Laurence disait *les garçons* ou bien *Madec et les garçons*, comme si Madec faisait partie d'une autre espèce d'enfant. Stéphane répondait méthodiquement :

— Il faudra bien qu'on leur parle.

— Tu me laisses gérer cet aspect-là des choses, le coupait Laurence d'un ton agressif.

Stéphane ne voyait pas d'inconvénient à laisser son épouse gérer *cet aspect-là des choses*. Il savait les enfants plus lucides que les adultes ; et craignait par-dessus tout leurs devinettes.

C'était en 1982. Paolo Andreotti rentrait en cours élémentaire. Il passait ses récréations à marcher seul, pourchassant les détails insolites du décor. Il y avait le graffiti du poisson rouge sur l'immeuble derrière la basilique, un nid d'hirondelles dans les poutres du préau, une bille en terre coincée dans une rainure depuis la nuit des temps. Son amoureuse était dure en affaires. Tous les jours, il fallait voler mille lires dans le porte-monnaie maternel et les lui apporter, pour qu'elle *continue de l'aimer.*

La falaise n'était guère haute, mais bien à pic. Les herbes sèches titillaient le dedans des genoux. Le sable brûlait les pieds. Sur le granit, il faisait trop chaud. Ron s'abrita sous un figuier aux fruits verts. Lorsqu'on regarde la mer, disait Magnus, le rythme du cœur adopte le rythme des vagues. Vu la puissance d'un cœur triste, l'inverse n'était-il pas plausible ? Ron se prit à sangloter comme un gosse. Des spasmes réguliers lui déchiraient le corps. Il se sentit épuisé. *Qu'est-ce qui oblige ?* Le visage embué, il se redressa, demeura quelques instants, debout sous le figuier.

La différence était-elle toujours une pose ? Certainement, Andreotti aimait jouer à l'original — mais il se rappelait le cours élémentaire ; ses déambulations solitaires. Sans chagrin, il cherchait un ami vrai, il parlait aux pigeons ou aux chats *(So che mi capisci, non è grave che non mi risponda)*, posait des questions aux grands sur le sillage des avions. Bien qu'il fût bon goal, Paolo exécrait l'esprit d'équipe. La victoire, les crachats, les doigts d'honneur. *Pas mon cinéma.* Un jour, il avait intercepté dans la cour d'école un billet secret. Le billet était un poème grivois — truffé de fautes d'orthographe — sur la raie de Mademoiselle Renata. Se précipitant jusqu'au bureau de la maîtresse, il lui avait tendu le poème. Les coupables avaient été châtiés. Quelques années plus tard, il ne s'expliquait toujours pas cette délation. À ses collègues hilares il disait : « J'étais un petit peu fasciste. »

Le premier pas ne fut pas difficile. Les suivants encore moins. Pour de bon il allait mourir. Atteignant le granit central, Ron Murdoch entendit subitement une foulée — et rétrograda en hâte à l'approche d'un individu qui fonçait dans sa direction. L'homme le doubla sans l'apercevoir et se précipita dans le vide. On entendit un souffle, et puis le bruit des vagues.

Les yeux de Ron s'asséchèrent en un instant. Qui jouait à ce point avec lui ? Palpant ses bras, ses jambes, son sexe, il fut saisi d'un besoin imminent de prendre une douche extrêmement fraîche. Près de la route, à la lisière de la forêt, il distingua une Fiat blanche.

Le moteur tournait encore, et la place du mort était encombrée d'une pile de magazines consacrés au *tuning*. Par la vitre ouverte, Ron en piocha un.

20

L'appel de Tony surprit Laurence. La Toscane était son arène : elle n'avait prévenu personne. Se figurant que son frère ne la contactait jamais sans raison, elle adopta une voix neutre :

— Tu as vu pour Madec ?

— Si j'ai vu : je suis en panique.

— Pour une fois qu'on partage quelque chose.

— Laurence, dit-il avant une pause dramatique. Vous allez faire quoi ?

Elle prit le temps de réfléchir. Tony reformula sa question :

— Quel est ton plan médias ?

— Mon plan médias ?

— Vous ne répondez pas à tout le monde ?

— Tu connais Stéphane.

— Il faut gérer les médias, Laurence.

— La priorité, c'est…

— Ta priorité, la coupa-t-il d'un ton docte, c'est de savoir ce que tu dis. Attends-moi. J'arrive.

Quelques heures plus tard, les Josserand décidèrent de rentrer en France et proposèrent aux Macand *d'emmener les garçons*. Vladimir et Antonin avaient passé de bonnes vacances. Livrés à eux-mêmes, ils avaient joué avec des inconnus ; et bénéficié de sessions gratuites de trampoline. Un animateur du club leur avait proposé une partie de pêche. Ils préféraient le foot (en vrai ou sur *Playstation*). Madec, au contraire, adorait la pêche. Il y avait beaucoup d'inconnues. C'était la même chose en matière de cuisine (ingrédients variés, recette unique) ou de photographie (appuyer au hasard, développer le hasard). Devant la Picasso des Josserand, Laurence embrassa ses deux fils sur le front et leur ordonna d'être sages. Elle se dit qu'elle avait bien réussi Vladimir. Stéphane se força à faire bonne figure. La voiture démarra en direction de Turin. Et le premier silence vint.

Laurence eut envie de gémir. Madec lui manquait-il ? Depuis peu, la disparition de son fils occupait une place plus importante que le fils lui-même. Elle aurait voulu le serrer dans ses bras — qu'il se débatte un peu. *Tête de mule*. La mère se souvint d'une cession de coloriage. Pourquoi Madec dépassait-il tant des contours ? Laurence avait saisi le crayon rouge et rempli une tomate proprement. Malgré l'exemple, Madec dépassait encore. Arrachant le cahier des mains de son fils, Laurence avait vidé une boîte de feutres et s'était mise à colorier tous les autres légumes.

Le suicide de son ami fit une peine étrange à Andreotti. Simone n'était pas doué pour la vie, mais rien ne valait la mort. L'affaire Macand sembla tout à coup frivole à l'inspecteur. On se battait pour retrouver un gosse fantôme. Qui se souciait du bonheur des adultes ? Simone s'était jeté à pleine puissance dans le vide. Vêtu d'un jogging neuf, il était mort confortable. C'est le moteur de sa vieille Fiat qui, en fumant, avait alerté les carabiniers. Il y aurait une autopsie (mais, pour une fois, Andreotti ne doutait pas). Il connaissait par cœur Simone Cazzi. Là où il se trouvait, peut-être son ami manœuvrait-il, enfin, une voiture futuriste carburant aux nimbus.

Laurence chercha à s'expliquer le retard de l'inspecteur. Du lâcher-prise ? Une nouvelle piste ? Elle tenta de parcourir un essai sur la condition des femmes musulmanes, puis de converser avec Stéphane, mais se rendit compte qu'elle s'ennuyait dans les deux cas. Elle s'était juré de ne jamais succomber à la vérité. C'était vital, et lassant.

Il fallait que quelque chose arrive.

Par bonheur, le téléphone sonna. La voix du directeur de l'hôtel indisposa Laurence, qui s'attendait à mieux. L'homme souhaitait rencontrer de nouveau les Macand. Enhardie par son premier triomphe, elle s'apprêtait à le mater lorsque l'interphone retentit dans le bungalow. Les affaires reprenaient pour de bon — et Madec avec ça. Laurence enjoignit Stéphane d'ouvrir la porte. Elle passa un jean et rejoignit les deux hommes en cuisine sans penser à raccrocher le combiné.

Andreotti avait une petite mine. Il salua Laurence d'un geste flasque. Stéphane s'assit sur la chaise de bar. On demanda s'il y avait du nouveau. Pour l'instant, le suspect *ne donnait rien.* Il fallait attendre : les recherches se poursuivaient. On allait interroger Murdoch en présence de psychologues (et avec le secours d'un détecteur de mensonges). Il y eut un moment sans parole, et Laurence avoua à l'inspecteur qu'il avait l'air préoccupé. Andreotti, qui éprouvait le besoin de parler, avait exagéré son désarroi. Il se réjouit qu'on s'enquît enfin de sa santé et expliqua : « Un ami s'est suicidé. » Laurence baissa les yeux ; elle était *désolée.* Andreotti ajouta que la *Scogliera Dorata* n'était pas un endroit pour commettre une chose si triste. Avait-on besoin de tant de beauté avant de mourir ? Le nom de *Scogliera Dorata* retint l'attention de Laurence. Il ne lui était pas inconnu. L'inspecteur ajouta que conformément au protocole, des plongeurs allaient fouiller le littoral, mais qu'*à quoi bon, un suicide est un suicide.* Le mot de littoral raviva chez Laurence l'image de la falaise. Elle se souvint du panneau éclairé par les phares de la 807. Apparut une nuit damnée, et ses mille vagues assourdissantes. *Plongeurs. Fouiller le littoral.* Il ne fallait pas rêver. Elle l'avait échappé belle une fois — ce serait celle de trop. Madec serait trouvé, les empreintes de sa mère identifiées sur la fourchette à viande. Madec serait mort.

Le directeur de la résidence attendit qu'Andreotti quitte le bungalow pour frapper trois coups. Il demanda si ça ne dérangeait personne qu'il entre quelques minutes. Laurence considéra que justement ça la dérangeait. On se donna rendez-vous à la réception. La mère de Madec passa un cache-cœur et pria Stéphane d'ôter sa cravate. Un groupe de journalistes attendait les Macand devant le bungalow. Laurence repéra dans un buisson des téléobjectifs qui scintillaient comme une boule à facettes. Elle demanda à son mari de la précéder. Le directeur ne prit pas la peine de s'asseoir, et adopta un ton plus direct : il somma les Macand de quitter la résidence. *Malheureusement*, il dirigeait un *club de vacances* et non *un commissariat*. C'était sa hiérarchie — *au niveau américain* — qui réclamait leur départ. Il fallait libérer le bungalow pour le lendemain midi.

La disparition d'un gamin de sept ans pouvait émouvoir le monde — si l'on donnait au monde les moyens de s'émouvoir. Il fallait du *buzz* (« penser 2.0 »). Lorsque, avec son Stradivarius, Joshua Bell joue la chacone de Bach dans le métro de Washington, pas un voyageur ne s'arrête. Au volant de sa voiture, Tony affirme à voix haute : « L'espèce humaine a besoin de marketing. » Il dit : « Il ne suffit pas d'écouter le meilleur musicien du monde jouer le morceau le plus difficile du monde. Encore faut-il en être conscient. »

L'oncle de Madec passe en revue les moyens disponibles. Il estime que, *pour faire simple*, Laurence et Stéphane ont besoin d'argent (1) et de notoriété (2).

Tony réfléchit à la vedette la plus accessible par l'intermédiaire de son cercle social. Cela fait six ans qu'il n'a plus de nouvelles de Solenne. Est-ce qu'elle *sort toujours* avec Yannick Noah ? Il ne lit pas la presse *people*. Tony appelle Solenne. Elle n'a pas changé de numéro, ni de voix. Elle est heureuse de l'entendre. Non, elle n'est plus avec Yannick, mais ils sont restés *très proches*. Tony lui demande le numéro de Yannick, Solenne dit : « Mais explique-moi pourquoi. » Tony dit : « Mon neveu a été kidnappé en Italie. » Solenne s'émeut *(J'appelle Yannick dans l'heure)*.

Pourquoi les hommes ronflent ? La mère de Madec pense que ce pourrait être un titre de livre — que ça résume bien les hommes, tous les hommes en quatre mots. Laurence dit : « À un moment donné, il n'y a aucune raison de ne pas faire chambre à part. » Elle ajoute : « Si ça ne tenait qu'à moi. » Et depuis deux ans, quand ça ne tient qu'à elle, les Macand ne dorment plus ensemble. La moindre garde à l'hôpital est prétexte à ce que Laurence aille se coucher dans la chambre d'amis, pour *ne pas se déranger*. Stéphane ne contredit pas son épouse ; tout au plus estime-t-il que c'est un peu triste de faire chambre à part, mais qu'un couple, *un couple de vingt ans*. Il pète au lit, et ça sent le champagne.

Solenne avait promis d'être rapide. Tony pense que c'est une salope, qu'être sortie avec Yannick Noah constituera son seul fait d'armes. Il s'en veut de n'avoir pas gardé contact ; un appel en janvier, un mail en août : ça peut servir. Peut-on faire durer une relation pour le principe ? Il faut vivre aussi. Dans le cerveau de Tony surgissent des images de Colombie, le dos violet d'une jeune prostituée, mille plantations de tabac — si lisses. Tony sait s'échapper. C'est un privilège. *Je veux pas d'attaches*. Toto le marginal. Toto le solitaire. S'il aimait Madec comme personne, c'est qu'il n'aimait personne, excepté cet enfant. Un voyant lumineux clignota aux alentours de Turin. Il fallut faire le plein.

De la nuit, la sonnerie du téléphone n'avait pas retenti — Laurence, pas plus dormi. Le lever fut pénible. Stéphane se redressa, enfila un peignoir, se frictionna les coudes à cause de son psoriasis et s'enferma dans la salle de bains. Laurence ouvrit les rideaux : il pleuvait à verse. Stéphane revint presque aussitôt dans la chambre. Le temps s'était-il éclipsé ? Il arrivait que des événements s'enchaînent en paraissant chevaucher leur propre durée. Fumant de vapeur, le mari s'étendit sur le lit. Il s'était couché de biais, une jambe en contact avec Laurence. Celle-ci tourna les yeux pour découvrir le corps étendu de son époux (que le tombé du peignoir révélait presque entièrement). Le sexe mou de Stéphane reposait sur sa cuisse. L'organe respirait en silence comme s'il contenait lui-même un petit poumon. Stéphane gigota sur le lit pour envelopper les hanches de sa femme avec ses jambes. Elle se laissa manier. C'était si rare qu'il la caresse sans lui peloter les seins. La mère de Madec eut envie de faire l'amour. Elle enroba d'une main les testicules de son mari. Curieusement immobile, Stéphane ne réagit pas. Il semblait ne plus respirer. Déçue par l'absence d'érection, Laurence ramena face à elle le visage de son mari. Il était plein de larmes.

Lorsque Tony se gara dans le parking de la résidence, il manqua de défaillir. Onze heures de route, une seule halte. Sa R 21 lui brisait le dos. Qu'est-ce qui l'avait poussé à faire tout ce chemin ? Réalisant qu'il ne connaissait pas l'emplacement du bungalow de sa sœur, Tony hâta le pas vers la réception. En chemin il lui vint à l'idée qu'il préférait rester *incognito*. Bien vite, il aperçut au loin une camionnette de transmission télévisuelle.

Devant l'un des pavillons, des photographes devisaient sur son capot. Tony s'en voulut de n'y avoir pas pensé tout seul. Il se dirigea vers l'entrée du bungalow surveillé par la presse. Comme son visage leur était inconnu, les journalistes le rattrapèrent sur le perron pour l'interroger. L'oncle de Madec lança d'un ton élémentaire : « Je suis le porte-parole de la famille Macand. »

De la mer, les plongeurs n'avaient rien tiré d'inattendu. Juste le corps bleui de Simone Cazzi. Andreotti en avisa Laurence Macand, qui se mordit la pulpe des lèvres. Silencieusement, elle se figurait sa chance, son incroyable chance à répétition. La même falaise, une semaine d'intervalle, six plongeurs entraînés ; et pas une trace. Un enfant était-il soluble dans le sel ? La mère se rappela le cas de ce pêcheur normand tombé devant témoins dans les eaux d'Étretat — et dont le corps, malgré les centaines d'heures de recherches policières, n'avait jamais été retrouvé. Dans la presse régionale, les scientifiques interrogés avaient évoqué une *conjonction de facteurs* : densité de l'eau, extension septentrionale du *Gulf Stream*, température variable, zone dépressionnaire centrale, et *vortex des profondeurs*. « On est dans l'incapacité matérielle de passer l'Atlantique au peigne fin », avait déclaré le préfet pour mettre un terme aux investigations. Le corps du pêcheur reviendrait peut-être un jour. Nul ne pouvait le garantir.

Andreotti dissipa la réflexion océanographique de Laurence, en l'informant qu'on venait de sonner pour la troisième fois consécutive. La mère de Madec ouvrit la porte à côté de l'inspecteur. Debout sur les marches, Tony se jeta dans ses bras. Pourquoi son frère était-il si communicatif ? Écrasant la main d'Andreotti, celui-ci déclara crânement : « Tony Legendre, porte-parole de Stéphane et Laurence Macand » — avant d'ajouter : « Vous êtes ? »

21

Plus urbain, le nouvel hôtel disposait tout de même d'une vue sur mer. La chambre sentait la cigarette froide (mais Laurence n'avait pas protesté). Le départ de la résidence l'avait abattue. L'inventaire faisait état d'une fourchette à viande, absente au départ des Macand. Laurence avait certifié que l'objet manquait à leur arrivée ; le directeur en avait exigé le remboursement. Stéphane s'était indigné. Il avait tiré un billet de cinquante euros de son portefeuille pour le jeter aux pieds du directeur en lui conseillant de s'acheter, avec la différence, un manuel de savoir-vivre. Pour une fois, Laurence l'avait trouvé remarquable.

L'interprète demanda si le brassard n'était pas trop étroit. Ron répondit que c'était bien. On lui proposa de desserrer le scratch, il insista pour démarrer. L'interprète expliqua qu'on allait lui poser les mêmes questions que précédemment, mais que derrière la vitre sans tain se trouvaient des psychologues qui mesureraient son rythme cardiaque, sa tension, sa pression pulmonaire. L'interprète demanda s'il était informé de la nature de l'interrogatoire — Ron répondit que oui. Il y eut un bref moment de latence, et Andreotti dégagea une fiche de sa poche. Ron s'était préparé à l'exercice. La conscience tranquille, il pensait pouvoir répondre sans mentir à toutes les questions de l'inspecteur. La première pourtant fit battre son cœur : « Monsieur Ronald Murdoch, ressentez-vous encore à ce jour une attirance sexuelle à l'égard des enfants ? »

Tony Legendre s'était rapidement fait connaître des journalistes. En dépit du scepticisme que pouvait inspirer son beau-frère, Stéphane éprouvait pour lui une sorte de sympathie. Tony avait fait le Celsa, et voyagé dans le monde entier pour ses photographies. Il avait *bourlingué*. La mention de Yannick Noah avait rassuré tout le monde. Peu familier des médias, Stéphane s'était réjoui à l'idée qu'une vedette s'exprime à sa place. En définitive, Solenne n'était donc pas une salope. Elle avait tenu parole — et Yannick était d'accord. En plein enregistrement de son nouvel album, le chanteur ne pouvait se déplacer en Italie, mais acceptait de signer une pétition. Devant l'insistance de Tony, Noah avait cédé et s'était même engagé à enregistrer un document vidéo.

Ron était resté silencieux pendant plusieurs minutes. Il avait fixé la vitre sans tain. Il imagina que derrière tous les miroirs du monde se cachait un examinateur en blouse blanche. Pourquoi Lewis Carroll avait-il été disculpé — quand lui se trouvait acculé ? Alice aurait-elle pu exister dans les années 2000 ? Ron réclama un verre d'eau. Peut-être un jour se mettrait-il lui aussi à écrire. Andreotti se trouvait mal. Il n'imaginait pas piéger

Murdoch. Sans le vouloir, sa question avait tétanisé le suspect — préparé à tout, sauf à se mentir à lui-même.

Tony l'assénait : il ne *toucherait* pas à l'enquête. C'était le boulot des flics. Son boulot à lui, c'était qu'on en parle. Madec avait besoin de bouche à oreille. Tony disait : « Il faut un professionnel, quelqu'un qui connaît les médias. » Il prévenait Laurence : « Aujourd'hui tu ne peux pas t'exprimer devant une caméra sans *media training*. » Il s'était enfermé dans sa chambre d'hôtel pour composer *le texte de Yannick*. Il fallait peser chaque mot — définir sa portée, évaluer son influence. Tony se figura que ce devait être comme ça, la rédaction d'un discours politique.

Embarrassé par l'état de Ron (dont il ne saisissait guère la cause), l'inspecteur refit sa question. Mr. Murdoch éprouvait-il encore une attirance sexuelle pour les enfants ? Ron pensa à cet instant : *C'est la question de ma vie.* Il sentit sous ses aisselles la sueur s'accumuler. Comme si tout pouvait s'expliquer en un mot. Les lèvres tremblantes, protégé par sa langue maternelle, on l'entendit articuler : « *Yes.* »

Lorsque Tony téléchargea la pièce jointe contenant la vidéo de Yannick Noah, il jubila sur son siège. Une star allait prononcer son texte. Doté d'une bonne cause, on soulevait des montagnes. Le frère de Laurence brancha ses écouteurs et cliqua sur *play*.

On découvrait le chanteur en studio, enregistrant la chanson phare de son prochain album : *Colombe d'un jour.* C'étaient les ultimes accords. Le chanteur fermait les paupières, ôtait son casque retour, et se tournait vers l'objectif de la caméra (qui zoomait sur son visage). Fixant le téléspectateur, il dépliait un document et le présentait à la caméra. C'était une photographie de Madec. Le cliché passait bien à l'image. Noah commençait à parler : « J'arrête de chanter un instant pour cet enfant. Cet enfant qui s'appelle Madec. Cet enfant qui a disparu. Juste un instant pour lui. Parce qu'il faut le retrouver. Parce que *ensemble*, on peut faire des miracles. N'oubliez pas : juste un instant. Pour Madec Macand. » La vidéo fondait au noir sur un regard pénétrant du chanteur. Enfoncé dans son fauteuil, Tony ne bougeait plus. Il s'était presque mordu le poing au sang. Putain. C'était vachement bien.

Ron suffoquait depuis une heure lorsque l'inspecteur estima qu'on avait *fait le tour*. Si l'on exceptait l'entrée en matière, le suspect avait coopéré avec une vraisemblable bonne foi. Paolo Andreotti se rendit compte qu'il n'avait pas ôté son imperméable, et qu'il crevait de chaud. La salle d'interrogatoire, qui venait d'être rénovée, sentait encore la peinture. Avec pour unique mobilier deux chaises et une table en Formica, la pièce sertie de miroirs ne donnait pas envie de se détendre. Il faudrait penser à clouer quelques patères.

L'inspecteur rassembla ses esprits. Le suspect n'avait eu aucun différend avec la justice depuis sa sortie de prison. En Angleterre, on n'avait pas repéré la moindre connexion avec un réseau pédophile. Paolo l'aurait juré : l'homme s'était repenti et n'avait rien à voir avec la disparition de Madec. Malgré cette intuition, la hiérarchie, au niveau ministériel, commençait à fourrer son nez dans l'enquête. Murdoch demeurait le suspect principal — et ne disposait d'aucun alibi vérifiable le soir de la disparition. Andreotti décida de le placer en détention provisoire.

Quarante-huit heures après sa mise en ligne, l'allocution de Yannick Noah ne rassemblait pas 2 000 visionnages sur *Youtube*. C'était pitoyable. Tony (qui avait passé sa nuit à la relayer sur Internet) était très contrarié. *L'égoïsme ambiant.* Pourtant le message était idoine. Noah n'était-il pas le Français préféré des Français ? Les pouvoirs publics italiens n'avaient pas mieux réagi que la diplomatie française. *Honte aux élites.* Seuls quelques blogs de fans faisaient circuler la vidéo. On pouvait lire : LE COURAGE D'UN ARTISTE. YANNICK NOAH S'ENGAGE POUR LA DISPARITION DE MADEC. Un commentateur estimait *ke sa lui coûte rien au mec de dire retrouvé le ptit, genre jme rfai 1 image ni vu ni connu jtembrouill XD !!! Mé bon jespere kil le retrouveron kan mm le gosse* ^^ .

Murdoch laissa passer sur lui le temps. Il se rappelait son père, resservant la même phrase face à tout problème : *Let things go.* Si ces trois mots avaient gâché sa vie, il voulait au moins les comprendre. Fallait-il tout abandonner ? On commençait par renoncer aux choses ; puis aux êtres. Le plus difficile était de renoncer aux idées. La meilleure façon d'y parvenir, se dit Ron, était encore de n'en avoir pas. Si par hasard il se réincarnait en animal, il était convaincu que ce serait en insecte. Un bousier. Ron anima dans sa tête ce petit scarabée contraint de déplacer un globe terreux mille fois plus lourd que lui. C'était sa vie : devoir traîner la merde des autres — et, contre toute attente, y parvenir.

Laurence réagit avec fureur au *feedback* de Tony. Un site Web satirique était tombé sur le film et avait publié un article choc : QUAND NOAH DÉMAGO SE PREND POUR COLOMBO. Celui-ci fut très vu. Le service « communication » de la maison de disques du chanteur avait laissé sept messages téléphoniques à Tony (qui n'était pas encore *revenu vers eux*). L'oncle de Madec répétait qu'il n'y avait pas de quoi paniquer, qu'un porte-parole devait toujours s'imposer en force.

Tony expliqua à Laurence qu'on s'en foutait du *buzz français*, que c'est le lien avec l'Italie qui comptait. Qu'il fallait *faire bouger les gens localement*. C'est ce moment qu'il choisit pour évoquer l'idée qui l'obnubilait depuis la veille. Elle était évidente, cette idée. Magnifique. Et il l'avait interceptée en pleine nuit : *Week-end à Rome*. Tous les deux sans personne. Florence, Milan, s'il y a le temps.

Ce serait Daho qui l'introduirait, le lien France-Italie.

On pardonne tout aux pères. Leurs torts sont leurs droits. On les déteste tant qu'on finit par les aimer. Dans sa cellule provisoire, Ron se souvient de la voix enivrée d'Olliver Murdoch. Maman sort la serpillière par avance. Quand elle se fait vomir dessus, elle ne dit pas un mot. Elle ne quitte plus son tablier. Elle attend que ça s'évacue, pour que ça finisse.

Les absents ont toujours raison : ils auraient pu bien faire.

Dans sa cellule, Ron estime que son lit est convenable. Il apprécie les matelas à ressorts. Lorsqu'il inspire, son corps oscille de haut en bas. Enfant, il affectionnait les trampolines. C'est presque comme voler (donc c'est mieux que voler). En face du lit à ressorts, le mur blanc a blondi. C'est joli, l'italien derrière une porte. Ensuite, tout est quiet. Ron a-t-il besoin de se confier ? Contrairement aux injonctions de ses psychologues, il n'a jamais passé le cap. Il dit à Magnus : « Je te résume la psychanalyse. » Magnus s'étend sur le lit. Ron connaît sa phrase par cœur. *L'homme cherche, surtout inconsciemment, tout au long de sa vie, par le biais de ses amours, de ses névroses, de ses peines et de ses joies, à recréer, si douloureuses soient-elles — et même contre son propre intérêt — les conditions de son enfance.* Il y a un silence. Magnus rapproche sa main de celle de son ami. Ron ferme les paupières. Magnus demande : « Le but de la manœuvre ? »

Ron, placidement, lui répond : « L'enfance est le stade de la vie le plus éloigné de la mort. »

Il ajoute : « C'est tout. »

22

Tony pensait bien faire, mais sa proposition avait exaspéré Laurence. *Week-end à Rome*. Pourquoi pas Madonna. Son frère était à côté de la plaque (« Noah a une image *cheap*, les gens saturent de sa gueule. Daho, c'est pointu et populo à la fois »). Si elle lui était reconnaissante pour sa bonne volonté, Laurence se dispenserait de sa *communication à 360°*. La mère de Madec avait en tête une idée plus concrète, qu'elle ne tarda pas à mettre en branle.

Le caméscope familial était resté dans sa housse depuis le début des vacances. On s'était fait suer à acheter des cassettes vierges la veille du départ. C'est ainsi qu'avec du gros scotch Stéphane avait fixé l'appareil sur le rebord de la fenêtre. Son épouse et lui avaient enregistré un message improvisé. On les découvrait à contre-jour, côte à côte devant un horizon blafard. Stéphane portait une chemise rose très pâle. Sa femme s'était shampouinée : ses cheveux blonds (presque blancs) irradiaient dans la pénombre. Orienté à hauteur de visage, comme un projecteur de fortune, l'halogène creusait les traits. Si l'on percevait surtout la voix de Laurence, on scrutait d'abord la cicatrice de Stéphane — et puis, alors, le fond absent de ses yeux.

La vidéo de Yannick Noah eut malgré tout un effet : celui d'attiser la curiosité de la police française. L'annonce d'un enlèvement avait été diffusée dans la presse quotidienne. À quoi s'affairait la police italienne ? Pourquoi l'enquête avançait-elle au ralenti ? Dans une large pièce dorée, assis pour sa correspondance derrière un élégant bonheur-du-jour — et grâce au *Figaro* de jeudi, l'affaire passa sous les yeux d'un jeune ministre de l'Intérieur dont on parlait beaucoup. Le ministre, qui avait de l'intuition, pressentit l'occasion de rénover l'image de la police française à l'étranger. En outre, l'Italie allait assurer pendant six mois la présidence du Conseil européen. Place Beauvau, on passa un bref coup de fil. Le lendemain, l'État français dépêchait l'un de ses meilleurs inspecteurs en Toscane.

Contrairement aux expectatives de Tony (« Le cadre ne fonctionne pas » — «Tu n'as pas respecté la règle des trois quarts » — «Vous aller passez pour des attardés de la télé-réalité »), le message enregistré à l'artisanale par les Macand fit l'effet d'une bombe. En dépit de la cicatrice de Stéphane, de la qualité de son déplorable, de la pixellisation et des fausses hésitations de Laurence, le document fit, littéralement, le tour du monde en vingt-quatre heures. Des médias de tous pays l'avaient sous-titré. Le lendemain matin, devant l'hôtel, des touristes berlinois demandèrent à Stéphane s'ils pouvaient le prendre en photo. De toutes parts les téléphones sonnaient. Les amis de Granville en voulaient aux Macand de n'avoir pas été prévenus *avant*. Peu aidée par le mutisme de son mari, Laurence éprouva un sentiment de panique. Les mots se dissipaient. Tony, qui depuis le *plantage Noah* s'était mis en retrait *(Faut faire comme Jospin dans ces cas-là)*, profita de l'effusion pour reprendre les choses en main. Il enjoignit Laurence et Stéphane de désactiver leurs téléphones français pour souscrire à des abonnements italiens (de façon à obtenir de nouveaux numéros). Disciplinée, sa sœur s'apprêtait à presser longuement la touche représentée par un petit téléphone rouge lorsque son combiné vibra. Sans réfléchir, elle répondit. Une voix féminine dit : *Patientez un instant.* On entendit quelques secondes l'*Adagio* d'Albinoni, puis une nouvelle voix, qui lui parut familière : *Bonjour, madame, c'est le ministre de l'Intérieur.*

La conversation avait duré moins de cinq minutes, mais paraissait immense dans le temps. C'était donc ça, un homme politique. Laurence n'avait pas conversé avec un ministre, mais avec un père — une sorte de mari vrai. Il l'avait rassurée en *s'engageant personnellement* à ce que tout soit mis en œuvre pour lui rendre son fils. Il était hors de question de *faire régner la terreur* ; lui-même s'était d'ailleurs *battu* pour *sauver des enfants*. L'homme avait été si convaincant qu'en fin de conversation, pendant quelques secondes, Laurence avait espéré retrouver Madec. Certes, elle avait voté à gauche — mais repassant la conversation dans sa tête, la mère ne trouva aucun grief à opposer au ministre. En jeu, il y avait la vie d'un enfant. Les querelles politiciennes ne comptaient plus. Il fallait être pragmatique : quel communiste aurait refusé la moitié de l'héritage Bettencourt ?

Dès son arrivée, l'inspecteur français (Jacques Braconnet) demanda à rencontrer Andreotti. En pleine enquête, sa présence se révéla pour le moins inopportune. Comme Braconnet n'était pas italophone, Andreotti fit mine de parler mal français, de manière à limiter les échanges. Une nouvelle fois, à cause de cette *testa di cazzo*, il lui faudrait dérouler la pelote, poser les mêmes questions aux mêmes témoins, vérifier de nouveau les alibis, interroger deux identiques parents exténués, et qui avaient déjà tout dit. En outre — et sur demande expresse du ministère —, des journalistes accompagnaient partout la police française.

Au vu des premiers éléments, l'inspecteur Braconnet expliqua aux Macand qu'un plan *Alerte Enlèvement* aurait dû être déclenché dès les premiers instants, mais qu'il était trop tard. Il fixa Andreotti, comme pour l'accuser. Ces règlements de comptes virils atteignaient rarement Paolo, qui n'avait d'égards que pour la douceur — ce qui lui avait valu à maintes reprises d'être considéré comme homosexuel. S'il n'avait pas déclenché de plan *Alerte Enlèvement*, c'est qu'il ne l'avait pas jugé nécessaire. Son instinct lui suggérait que la vérité se cachait ailleurs. Paolo se rappela la métaphore du professeur Erpe à l'école de police : « On dépense plus de calories à éplucher un céleri qu'on en absorbe en le mangeant. »

Braconnet souhaita coordonner une reconstitution des faits, et en informa les Macand. Il faudrait faire semblant de dîner, se rendre au restaurant, isoler le bungalow durant une journée. D'office, l'idée de réinvestir la résidence de vacances parut impossible à Laurence. Elle avait effacé ce décor de sa mémoire, comme on oublie un rêve en quittant son édredon. Dans un élan de fraternité, elle fit part de cette peur à Tony, qui répondit que c'était exactement la même chose pour Kofus. Kofus était le nom de son premier chien, expliqua-t-il, un corniaud foufou, peint à l'acrylique par ses anciens propriétaires. Lorsque Tony l'avait recueilli, l'animal avait perdu tous ses poils. Autour des croûtes qui envahissaient son dos, on trouvait des stigmates orange, jaunes et bleus. Grâce aux bons soins de son nouveau maître, les poils de Kofus avaient repoussé. Blond comme naguère, le chien avait retrouvé le goût du jeu. Laurence demanda à son frère quel était le rapport avec elle. Tony expliqua que quelques mois plus tard, il était repassé en voiture dans le quartier des anciens propriétaires de Kofus, *à plusieurs rues de la maison d'origine*, et que le chien avait hurlé à la mort.

Il était une heure du matin place Beauvau lorsque le ministre parapha son dernier dossier. Le projet de loi de rénovation des espaces publics allait être un gros morceau. Il se demanda si *ça le faisait bander*. Il pensa à sa mère, qui devait dormir déjà en proche banlieue. Il avait jeté un œil au 13 heures de Jean-Pierre Pernaut (dont c'était l'anniversaire, et qu'il avait justement oublié d'appeler). Dans leur désespoir, les Macand semblaient unis. Comment se prénommait leur fille ? Avant son enlèvement, *cette petite Madaine* (il retenait mal les prénoms originaux) devait être heureuse. Le ministre se savait patriarche. Il pensa : *J'ai raté ma gentillesse*. Un chauffeur l'attendait dans la cour. L'homme d'État se pencha à la fenêtre : la pollution engloutissait presque toutes les étoiles. Apercevant son patron, le chauffeur redressa les épaules et se découvrit. Touché au cœur, le ministre se rendit compte qu'il n'avait pas même identifié le visage de l'homme qui l'avait salué.

Stéphane n'en pouvait plus de contacter le CHU de Nantes pour gérer l'annulation de ses consultations. Tout était compliqué. Les aides-soignants n'étaient pas prévenus, le directeur ne disposait d'aucun médecin de garde — il fallait presque s'excuser de s'être fait kidnapper son gosse. Entre deux coups de fil, le père de Madec prit l'initiative de contacter les Josserand pour les informer de la demande de reconstitution formulée par l'inspecteur français. En vérité, c'était surtout là l'occasion d'échanger quelques mots avec Fabien (les deux hommes renonçaient généralement à s'immiscer entre Sylviane et Laurence). Ainsi, les Josserand seraient remboursés de leur trajet, et la reconstitution se déroulerait en un après-midi. Fabien avait donné son accord, si c'était *bien pour Madec.*

Deux heures plus tard, Stéphane annonça la nouvelle à Laurence, qui revenait de chez le coiffeur *(Regarde ma tête, j'ai honte de passer à la télé)*. La seconde suivante, son épouse le giflait. On entendit des vociférations d'enfants à l'extérieur. Stéphane apposa une main sur sa joue meurtrie. Il sentit monter en lui une violence considérable, et frappa sa femme au visage avec une force inouïe. Laurence s'écroula sur le lit d'hôtel en percutant un guéridon garni d'un double faux tiroir.

Le ministre pouvait rentrer maintenant, mais un détail l'irritait. Il ne parvenait plus à retrouver le nom de son collègue de la Défense. La fatigue. Irrité, il alluma l'ordinateur posé sur son bureau (qu'il n'utilisait jamais), mais ne se souvint plus du *password.* Il n'osa solliciter le service informatique d'urgence pour une défaillance aussi ridicule. Le ministre essaya plusieurs combinaisons, parmi ses habituelles — *belleduseigneur*, *politique1987*, *pierrejean* — sans succès, jusqu'au plus rare *corsica_cecilia*, qui fonctionna. Dans la zone de recherche de son navigateur, il inscrivit « tchat + gouvernement + droite », et accéda à un forum politique. Le ministre se dirigea vers la zone « Conversation instantanée ». Un fois validé le pseudo *Sego82 (sexe f, 35 ans, Région PACA)*, une fenêtre blanche s'ouvrit. Rien ne se passa pendant quelques instants, puis des lignes colorées commencèrent de la remplir. Voilà à quoi ressemblait un *tchat.* Fasciné, le ministre en avait oublié son oubli initial. Il sélectionna une police de couleur rouge pour poser sa question : *Que pensez-vous de Sarko ?*

23

Laurence avait perdu connaissance un long moment. À son réveil, une douleur pulsative lui saisissait la tempe. Devant elle, son mari adossé au mur était en train de s'étouffer, le visage imbibé de larmes et de morve. Elle s'était levée, avait extrait un mouchoir de sa poche pour essuyer tout ça. Convaincu d'avoir assassiné sa femme, Stéphane avait sursauté au contact du mouchoir. Comment pouvait-elle ne pas lui tenir rigueur de cette torgnole ? Elle s'était assise à ses côtés, pour pleurer avec lui.

Stéphane se figura qu'un coup n'était rien d'autre qu'une caresse très accélérée.

Ou bien qu'une caresse — raisonna-t-il aussitôt — était un coup au ralenti.

Laurence s'en voulait. C'est que l'idée de se retrouver face aux Josserand, dans le même restaurant, observés par la police, de demander des concombres à un comédien cuisinier, de revenir embrasser Madec figuré par un mannequin de plastique, de garer la voiture, de mimer la découverte — oui tout cela était au-dessus de ses forces.

Elle ne savait qu'improviser.

Paolo s'étonna de trouver tant de monde aux funérailles de Simone. Quel mot employer pour le public d'un enterrement ? Il hésita entre *témoins* et *spectateurs*. Des camarades de classe — y compris ceux qui avaient martyrisé Simone — s'étaient déplacés pour rendre hommage au défunt. Le cimetière sembla bucolique à l'inspecteur de police. Quatre couleurs auraient suffi à le peindre : gris des stèles, or du sable, vert des oliviers, bleu du ciel. Le prêtre parla de Jésus avec un accent polonais. Plusieurs personnes se mouchèrent. Qu'est-ce qui les affectait tant ? Quand c'était fini, c'était fini. La vie était triste *(mais la mort ?)*. Lorsque le prêtre conclut son élégie, Paolo crut reconnaître un visage de femme sous un béret noir. Le temps de remonter le temps, il se souvint du nom de Venezia, la brunette qu'il avait échoué à draguer au lycée.

L'idée d'une reconstitution avait ravivé des images. Dans un tourbillon mémoriel, s'étaient mêlés des légumes verts, le visage flou d'un homme, la luisance d'une station-service, un scorpion de résine ; l'arôme granuleux de la boue et du sang. Laurence se pencha à la fenêtre de son hôtel pour observer son mari qui pénétrait dans un taxi. Pour quelle raison Stéphane ne s'était-il jamais tenu droit, ainsi qu'elle le lui avait conseillé mille fois ? À l'horizon, la mer retrouva une forme de calme. De grands oiseaux brisèrent l'azur qui les tenait en sandwich. Bientôt, l'air du large vint adoucir l'atmosphère de la chambre ; Laurence eut envie de nature. Elle descendit dans le parking en empruntant l'ascenseur. Il lui fallait rejoindre un lieu haut ; un cap.

À la suite des funérailles, Venezia s'était approchée de Paolo pour lui demander s'il était resté *proche de Simone*. Pour sa part, elle n'avait pas gardé contact, mais avait éprouvé du chagrin à sa mort. Elle s'était rendue en ville pour acheter un poisson rouge qu'elle avait baptisé Simone (dans son aquarium, elle placerait en hommage au défunt une petite voiture). Il y eut un silence, et l'on se regarda du regard qui précède la sexualité. Il fallait trouver un lieu. Andreotti (qui habitait toujours chez sa mère) attendit qu'elle propose. Une demi-heure plus tard, Venezia lui servait un *thé magique* dans son deux-pièces surchauffé. Silencieusement, on observa la fleur de jasmin se développer dans l'eau chaude. Paolo raffolait de ces moments où tout était déjà joué, où le plaisir des corps déteignait sur chaque mouvement banal — touillage d'un café, friction d'une oreille, placement d'un coussin. Comme il faut bien se décevoir, Paolo prit les devants et s'approcha de Venezia. Faisant mine d'être surprise, elle posa instantanément une main sur sa braguette.

De jour, et surtout en fin d'après-midi, la falaise ne faillissait pas à sa réputation *dorée*. Un vent fort battait les figuiers cuivrés par le soleil. Laurence s'approcha du gouffre. Elle distingua un chemin escarpé qui descendait sous l'à-pic et l'emprunta. Elle parvint à s'asseoir sur un bloc humide recouvert d'algues vertes. Si les parois rocheuses paraient les vents latéraux, des bourrasques frontales venaient lui mouiller le visage. Sous ses pieds, quantité d'écume compacte s'accumulait. On aurait dit des œufs battus au fouet. Dès qu'une lame venait frapper la falaise, le bloc de mousse iodée se brisait et se raccommodait avec la sensualité d'une étreinte. En s'intensifiant, le vent commença à détacher des agrégats blancs d'écume. Comme neige inversée, une nuée d'embruns s'éleva progressivement depuis la surface de l'eau. Le vent devenait tangible. Laurence se laissa assaillir par les poudrins. Au contact de sa peau, la mousse fondait en l'espace de quelques secondes. La mère de Madec ne s'entendit plus penser. Autour d'elle, ne subsistaient que le souffle des éléments, le goût de la mousse ; et, plus loin, le piaulement épars des mouettes.

Andreotti fit un nœud à son préservatif. C'était devenu une aptitude mâle essentielle (qu'il faudrait, se dit-il, enseigner aux petits garçons avec le laçage des souliers). Il s'en était plutôt bien sorti (Venezia avait poussé des cris variés). Pendant un instant, Paolo estima sa vie de célibataire. Bien que tous en manque de sexe, ses collègues ne fantasmaient plus sur leurs épouses. Ils se figuraient *une chatte en général* — et la plus accessible se trouvait être celle de leur femme. Paolo se sentit fier de ce qu'il était devenu *(Una specie di Casanova)*. Les occasions étaient rares, mais constamment neuves. La plupart du temps, il ne rappelait pas la fille le lendemain. Venezia lui demanda s'il avait *quelqu'un*. Paolo répondit la vérité. Elle sourit largement, divulguant des dents aussi claires qu'espacées. Lui cajolant les poils du bras avec le bout des ongles, Venezia posa son autre question : « *E non hai un bambino ?* »

La mousse avait trempé Laurence. Étendue sur le granit, en haut de la falaise, elle s'éveilla sous un soleil affaibli. La mère de Madec repensa au film tourné avec

Stéphane. Des millions de gens, dans le monde entier, avaient découvert son visage. Elle n'était pas célèbre, mais elle était connue. C'était comme exister davantage. Quelles étaient les prochaines étapes ? La conférence de presse de dimanche s'annonçait déterminante. Le *media training* de Tony était-il indispensable ? Avec lui, Laurence avait appris à *gérer le silence*, à *résumer des faits*, à placer ses *éléments de langage*. Tony ressassait *la règle d'or en com' de crise* : répéter en boucle, robotiquement, les détails concrets — et rien que les détails concrets (date, heure, lieux, noms). Et rester neutre. Près du mollet de Laurence, une rainette s'échappa d'un trou de verdure et disparut illico. Le batracien impromptu convoqua le T-shirt *Monsieur Grenouille* acheté en 2004 à La Grande-Motte. Madec avait insisté pour laver la bouse et *le garder* — Laurence l'avait jeté après *l'épisode Gérard Garrec*. Sur cette réflexion, la mère se rendit compte que depuis le début de la journée elle n'avait pas encore pensé à son fils.

De son adolescence, Venezia avait conservé des cheveux particulièrement noirs, une barrette au côté gauche, et un air travaillé de fillette. Paolo ne saisissait pas la frénésie des femmes pour les enfants. Son frère Andrea s'était suffisamment chargé de la descendance Andreotti. Lui-même aurait bien pu ne jamais exister. Pourquoi désiraient-elles tant devenir mères ? Paolo expliqua à Venezia qu'il ne voulait pas de gamin dans les pattes, qu'il enquêtait à longueur de journée sur des meurtres, le proxénétisme ou les overdoses, et que le monde n'était pas joli à voir. La jeune femme répondit que si tout le monde suivait son raisonnement, personne ne naîtrait.

Elle marqua un point. « Mettons qu'il naisse, lança Paolo. Et mettons qu'il devienne meurtrier, psychopathe, pédophile ou handicapé : tu en voudras encore, de ton enfant ? » Venezia prit un air espiègle et triste. La jeune femme se signa, et répondit que c'était une question très difficile, mais que oui, elle l'aimerait.

À quoi bon se lamenter sur la vanité des médias ? Tout était vain. À commencer par sa vie de femme. Laurence ne s'était jamais épanouie. Elle avait pris l'habitude de penser sa vie au passé, comme un spectacle achevé. Le rappel d'une légèreté, parfois, lui déchirait le ventre. C'était comme un grand vide (qu'elle incombait à Stéphane). Son mari n'avait jamais compris ses *désirs de femme*, précédé *ses envies*, ou répondu à *ses attentes*. Par bonheur, la mère de Madec ne connaissait pas un seul couple allègre : les mecs gâchaient tout. Surtout, elle maudissait le sexe. C'est pour autre chose qu'un corps que l'on veut être aimée. Laurence ne voyait même plus la cicatrice de Stéphane. Elle ne voyait plus Stéphane.

Stéphane. Si maladroit. Si absent. *Tu as manqué tant de rendez-vous.*

Le père de Madec n'avait pas un mauvais fond, et il voulait bien faire. Mais il buvait aussi. Se tâtant la joue, Laurence se remémora la claque, et le coup de poing. Contre toute attente, elle avait aimé ce moment. Plus précisément : *savouré*. Elle s'était redressée, elle avait déplié un mouchoir, elle l'avait appliqué sur le visage poisseux de son mari. Lui l'avait dévisagée comme une inconnue. Comme la première fois, au bloc. Comme une manière d'oubli. L'émotion passée, la mémoire ne retient que les ombres ou bien les formes. En somme, s'interrogea Laurence, quelle trace était la plus tangible : le souvenir ou la fiction ?

Andreotti n'était pas harangueur. Par paresse il avait peu voté — mais pleurait sa politique chaque fois qu'il allumait la télévision. Venezia reformula sa question et lui demanda ce qu'il y avait d'avantageux à enchaîner les conquêtes sans lendemain. Elle dit cela avec un doigt entre les dents qui amusa Andreotti. Les yeux vagues, l'inspecteur désigna sa tasse. Plongeant trois doigts dans la théière, il en sortit la fleur de jasmin imbibée. Dans un sachet sur la table, il attrapa de l'autre main une fleur sèche, encore roulée en boule. Il éleva ses paumes à niveau égal, et expliqua à Venezia :

— Celle-ci, c'est toi avant ; celle-là, c'est toi après. Ce qui me plaît, dit Paolo, c'est le passage du sec à l'humide. Le déploiement.

— Mais nous nous sommes déployés, dit naïvement la jeune femme sans vouloir philosopher.

— Alors tu as perdu ton arôme, conclut Andreotti sur un ton définitif.

Paolo se sentit fier. Il n'avait jamais parlé ainsi à une femme. La métaphore était bien trouvée. Mais cruelle aussi : sa mère lui aurait tiré les oreilles pour ce manque de galanterie. Un peu embarrassé, l'inspecteur défroissa un journal sur le canapé, et l'ouvrit au hasard. Dans le cahier central, une double page faisait état d'un baigneur blessé au pied par une fourchette à viande. L'article sommait la population locale de prendre garde aux objets abandonnés dans la mer *(Il nostro patrimonio)*.

Paolo soupira. La presse écrite prenait doucement — mais sûrement — le pas de la télévision... Deux pleines pages pour une égratignure de plage ? À quand un dossier complet sur la couleur des plaques d'immatriculation ? Accablé, l'inspecteur réalisa de nouveau combien, *depuis Berlusconi*, la qualité de l'information s'était dégradée…

24

On oublie vite son banquier. L'appel de Mathieu Brayer avait surpris Stéphane. Il ne pensait plus, à son âge, *dans sa situation*, être confronté à des problèmes de découverts. Le séjour prolongé en Italie commençait à coûter cher. Les frais s'alourdissaient. À Nantes, l'hôpital avait suspendu les émoluments des Macand. Plusieurs prélèvements automatiques avait été bloqués par le LCL. Mathieu Brayer suggérait un crédit à la consommation de huit mille euros, *histoire de voir les choses venir*. Le crédit leur serait accordé sans réserve. Cependant que Stéphane consultait sa femme à ce sujet, Tony intervint fermement : il fallait refuser. Ce n'était pas aux banques de *se gaver sur les faits divers*. Plusieurs boîtes du CAC 40 ne demanderaient qu'à *mécéner* — et l'on emmerdait le Crédit Lyonnais.

Programmée en début de soirée, la conférence de presse serait justement l'occasion de lancer un appel aux dons. Laurence et Stéphane avaient précédemment visité la salle qui accueillerait les journalistes, pour décider de son aménagement. Cent cinq chaises brillaient devant les murs en feutrine beige. Une estrade frontale dominait la pièce. Laurence considéra que son siège à elle devait être d'une couleur (ou d'une matière) différente. On dénicha dans la loge d'accueil un fauteuil destiné au travail bureautique. Une fois les dossiers de presse relus et vérifiés, la mère de Madec eut envie de *faire un somme*. Tony avait encore quelques exercices de communication à *tester sur Stéphane*, et souhaita rester en sa compagnie.

Des journalistes attendaient déjà devant la médiathèque. Laurence, qui avait pour instruction de ne communiquer avec aucun d'entre eux, était sortie par l'arrière du bâtiment. Dans le parking, elle aperçut une reporter de France Télévisions qui se roulait une cigarette. La tête couverte par un turban, les pieds enfouis dans des espadrilles équitables, cette fille devait avoir rêvé de couvrir la guerre en Afghanistan. Laurence s'approcha d'elle et demanda à lui parler *en privé*. La reporter qui s'ennuyait depuis soixante-douze heures n'en crut pas ses oreilles. Flairant le *scoop*, elle fit entrer Laurence dans sa voiture et remonta les fenêtres électriques jusqu'en haut. La mère de Madec ne boucla pas sa ceinture. Elle fit signe à la jeune femme de s'approcher, et chuchota : « La police sait qui a tué mon fils. »

Vers 16 heures, avant même que ne débute la conférence de presse, Tony fut contacté par une riche Versaillaise, veuve depuis trente-huit ans et bouleversée par la disparition de Madec (qu'elle avait découverte *grâce au journal télévisé*). Elle avait elle-même fait une fausse couche en 1964. Tony l'avait remerciée (mais pas trop, pour *rester pro*). À l'ordre de quelle association pouvait-elle adresser son chèque de soutien de cinquante mille euros ? Que diable répondre à cette dame ? — Laurence et Stéphane avaient lancé un appel à la solidarité sans penser à l'encaissement des dons. Sur le moment, Tony avait donné le change en inventant une raison sociale *(Retrouvons Madec)*. Trois jours plus tard, les statuts d'une association *Loi 1901* du même nom étaient déposés en extrême urgence à la préfecture de police de Paris, grâce à l'aide du gouvernement français (qui avait, en outre, versé un premier euro symbolique).

Il arrive que la fatigue soit telle qu'elle empêche de dormir. Laurence restait étendue sur son lit, s'accrochant en vain au sommeil. Le visage de Madec la faisait sursauter. Ce visage qui lui cognait le cœur dès qu'elle retirait de l'argent. Exactement en face de sa carte de crédit, sous un mica, l'enfant regardait sa mère d'un œil gredin, vêtu de son blazer et de sa cravate jaune. Pourquoi avait-il voulu s'habiller *en papa* le jour de Mardi-Gras ? Laurence rapprocha la photographie de ses yeux, pour examiner la joue gauche du petit garçon : une trace éclaircissait le grain de la peau. C'était la croûte. Madec le casse-cou. Il avait trouvé le moyen de se blesser une heure avant la photo de classe. Un bâton à la main : il avait trébuché. *Il pourrait être aveugle à cette heure*, pensa Laurence. Madec se fichait de son apparence. Maman, elle, *avait moyennement envie* de conserver la photo d'un fils accidenté. Elle avait téléphoné au photographe. S'il était possible — avec l'informatique — de masquer la plaie (histoire de garder un joli souvenir de sa maternelle).

Stéphane était outré. Tony venait de lui présenter le reportage du 13 heures de France 2, qui indiquait que Fabien et Sylviane figuraient *parmi les principaux suspects dans la disparition* (et probablement *la mort*) de Madec. Une enquête *était en cours à leur sujet.* Ne formait-on pas les journalistes dans des écoles ? Stéphane éprouva à l'égard de ses amis une honte absolue. En ce moment même, Sylviane devait recevoir mille appels de journalistes et d'amis, à qui elle faisait part de sa stupéfaction. Quel service public pouvait tolérer ces fautes professionnelles ? Stéphane composa le numéro de sa femme, qui lui demanda de répéter ce qu'elle venait d'entendre. Sylviane et Fabien, suspectés ? *Sur France 2 ?* Elle dit : « On nage en plein délire. »

Son téléphone raccroché, Laurence se remit à cogiter. La mécanique fonctionnait. Dans quelques heures, les Josserand auraient forcément visionné le reportage. Ils s'indigneraient qu'on les accuse. Ils porteraient plainte pour diffamation. Et se braqueraient. En excluant, bien sûr, de participer à la moindre reconstitution. L'inspecteur Braconnet renoncerait à son idée infernale.

La mère de Madec venait d'esquiver un gros morceau. C'était presque jouissif. Elle se dit que la nature était bien faite — que la perte d'un enfant s'accompagnait d'une montagne de démarches, d'enquêtes, de rencontres, d'échanges et de stratagèmes qui, pour être éreintants, faisaient tout de même oublier un peu le chagrin de la perte elle-même.

Entrouvert sur la table de chevet depuis la veille, son portefeuille fit revenir Laurence à la photo de classe ; à la croûte disparue. L'une des rares colères de Stéphane.

On ne retouchait pas un gamin comme ça. Ce n'était pas la *couv' de Glamour. Et pourquoi pas de la chiresthétique ?* avait-il maugréé.

Laurence le savait : son époux faisait un transfert sur sa propre cicatrice (qu'il n'avait pu gommer numériquement).

Elle avait gardé pour elle cette analyse.

25

Il n'était pas coutumier d'organiser un cocktail à l'issue d'une conférence de presse portant sur la disparition d'un enfant. Mais à force d'insister, Tony avait fini par convaincre sa sœur.

— Ça va changer quoi de leur faire bouffer du saumon fumé ? avait-elle demandé.

— T'as des mecs qui viennent de Bavière. De Tel-Aviv. Tu vas pas leur servir de l'eau en carafe.

— C'est pas le lancement d'un nouveau modèle de téléphone, Tony. Il s'agit de Madec.

— Justement ! Les gars font deux mille bornes pour venir t'écouter, ça coûte rien de les recevoir un minimum.

Face au scepticisme de sa sœur, Tony avait précisé — exemples italiens à l'appui — la distinction entre corruption *(J'appelle pas ça les rincer)* et courtoisie. Laurence écoutait son argumentaire en s'appuyant sur le dos d'une chaise. Il était entendu qu'elle ne s'assoirait qu'une fois convaincue. Tony avait poursuivi :

— Si le truc reste un bon souvenir pour eux, les mecs te pondront des articles plus longs.

Dépourvue de psychologie, Laurence voulait bien croire que le cerveau humain fonctionnait comme un cœur — dont certains spécialistes contrôlaient les rouages (les professionnels de la communication). Au fond, si trois pains surprises pouvaient faire la différence, il fallait tenter le coup. Pour le principe, la mère avait posé une condition :

— Mais tu m'enlèves le caviar.

— C'est des œufs de lump ! s'était défendu Tony.

— On s'en fout, les gens font pas la différence.

C'est ainsi que Stéphane proposa aux journalistes, après son témoignage, de se réunir dans la salle de réception « autour d'un petit verre ». Interloqués, la plupart des reporters n'avaient pas mangé depuis plusieurs heures et se sentaient en appétit. Tout le monde se leva sans poser plus de question.

Tony aidait à servir le champagne. Laurence s'approcha la première du banquet, et pour l'inaugurer, saisit un cure-dent planté dans une tomate cerise. Mordant le fruit à demi, elle fut surprise par son jus et fit gicler quelques pépins sur son chemisier blanc. Sans relever les yeux, elle essuya la tache sur le col à l'aide d'une serviette en papier. Les journalistes s'éparpillèrent autour du buffet.

Stéphane n'avait pas faim. Il s'accroupit près de l'estrade dévolue aux discours de second rang, pour observer le raout. Chacun avançait délicatement (respectueusement) vers le buffet, afin d'empoigner quelques petits fours. On se répliquait de grands sourires, on se laissait passer. La nourriture disparaissait à vue d'œil. Certains faisaient des réserves. Sous cette politesse, derrière cette civilité, le père de Madec entrevit une guerre. *La civilisation est fragile.* On ne se massacrait pas ; on s'effleurait — mais c'était la même chose.

Au-dessus des plateaux dorés, les doigts singeaient le hasard (mais les yeux avait repéré la tartine la plus garnie, le fruit le plus frais). Chacun faisait mine de croire au mauvais jeu des autres, comme si personne n'était là pour manger, comme s'il fallait bien se servir pour ne pas gâcher ; pour ne pas laisser de restes. Décontenancée par un rot intérieur, une grosse femme lâcha un croustillant de tapenade qui toucha terre du mauvais côté. Un journaliste espagnol proposa à ses voisines cinq tranches de saucisson noir. Elles le remercièrent démesurément.

Il y avait là quelque chose de répugnant. Stéphane se figura la même scène en temps de guerre. Pour ce faire, il décupla le nombre de convives, diminua la quantité de nourriture disponible, et réduisit la superficie de la salle de réception. Alors on assista au même début de chorégraphie — déjà moins éduquée, *plus chavirée*, pensa-t-il. C'est lorsque tintèrent les premières flûtes que Stéphane décadra son théâtre imaginaire, et recula d'un cran.

Le père de Madec s'arrête au troisième rang (« le tiers-monde ») — celui des privés de nourriture. La clameur monte. Devant, les dîneurs se plaignent qu'on les presse. La bouche pleine, ils répètent qu'il y en aura *pour tout le monde*. Le *tiers-monde* oublie sa courtoisie et commence à pousser. Le premier rang se compresse. On évoque des comportements *de sauvage*s. Un homme dit : *Il faut choisir entre la dignité et le tarama*. Puis soudain, en l'espace d'une seconde, les mots ne comptent plus. Tout le monde bouffe et s'arrache les restes. Il y a des blessés.

Stéphane rattrapa le vrai buffet. Ne subsistaient que les choses mauvaises ou bien aux anchois. Un journaliste débraillé (et qui avait déjà ingurgité trois coupes) s'approcha d'une hôtesse d'accueil en lui tendant son verre. Stéphane se dirigea vers l'hôtesse et lui demanda de ne pas *resservir Monsieur*, qui avait *bien bu*. Le journaliste se figea, puis éclata de rire. Il laissa choir une main affable sur l'épaule de Stéphane et tendit de nouveau son verre à l'hôtesse. Alors Stéphane agrippa sa coupe vide, la plaça sous le talon de sa chaussure et la brisa d'un coup sec. Il avait vu faire ça à un mariage juif — est-ce que ça portait bonheur ? Avec le fracas, tous les regards convergèrent vers le père de Madec. On attendit la suite (une bagarre, ou l'intervention d'une femme). Laurence coupa court au suspens en tractant son mari dans la pièce d'à côté. Il s'y laissa manœuvrer comme un mauvais fantôme.

Laurence se servirait de cet esclandre pour convertir ses doutes en véhémence.

— Qu'est-ce qui te prend ? demanda-t-elle à son mari en le secouant par la chemise, comme s'il avait fait une bêtise devant des invités importants.

— J'étais choqué, s'entendit répondre Stéphane, encore hagard.

— Choqué par quoi : c'est un cocktail !

— ... Choqué parce que le type s'était déjà resservi trois fois, et — il chercha le mot — qu'il y a des limites.

— Ah bon ? Et c'est quoi la limite ? Deux verres, trois verres, quatre verres ?

— Ce n'est pas une histoire de quantité, mais...

Le père de Madec s'interrompit. Il savait que désormais, on ne parlerait plus du verre brisé, ni du champagne, ni du buffet ; mais d'autre chose (cette chose qui fait durer les couples et les désaccords). Laurence l'enjoindrait de soumettre, *pendant qu'on y était*, chaque convive à un alcootest — ce à quoi il répondrait *(Ne te fais pas plus bête que tu n'es)* qu'il s'agissait moins d'une question de sécurité routière que de décence. Et cetera. Stéphane s'excusa platement.

L'aparté des Macand n'avait pas duré cinq minutes, mais lorsqu'ils revinrent dans la salle de réception, elle était vide. Laurence eut le sentiment de réinvestir un lieu différent. Le geste de Stéphane avait-il agi comme un révélateur ? Deux gobelets transparents, fendus, étaient remplis de noyaux d'olives. Des serviettes sales jonchaient les plateaux vides. Les petits fours restants étaient tous difformes ou endommagés : on avait mis à l'écart les invalides. À plusieurs endroits du buffet, le jus de pamplemousse avait formé des auréoles d'aspect urineux.

Silencieusement, Stéphane s'enorgueillit de sa prémonition : on aurait vraiment dit un champ de bataille.

26

La conférence de presse avait rassemblé des journalistes de quatorze nationalités différentes. Tony était très satisfait. Le soir même, malgré (ou grâce à) l'esclandre du verre brisé, des images de Laurence et Stéphane circulaient partout dans le monde. L'appel aux dons fonctionnait au-delà de toute prévision. À minuit, les Macand pouvaient compter sur des promesses cumulées de trois cent mille euros. On en vint à se demander comment dépenser une telle somme. Tony expliqua que les *campagnes médias* coûtaient *une blinde*, et qu'un seul *passage télé* en *access prime time* absorberait déjà tout le budget. Il opta pour une communication *en PQR, PQN, et affichages sur mobilier urbain*. Tony s'occuperait, en outre, de contacter les agences de graphistes (il en connaissait de très bonnes), ainsi que des régies publicitaires. Tous les ingrédients étaient réunis pour une communication massive — mais le frère de Laurence avait encore une idée.

Fort de son expérience récente, il se donna vingt-quatre heures pour y réfléchir avant de la partager.

Comme prévu, Sylviane avait porté plainte contre France Télévisions. Le reportage n'avait pas changé grand-chose à sa vie, mais l'avait *révoltée*. Par ailleurs, elle ne pouvait plus envisager de *garder Vladimir et Anto*. Pour Mahaut, pour sa vie de famille — et pour elle-même —, c'était trop *complexe à gérer*. Dans un long message téléphonique ponctué de silences déglutissants, elle demandait à Laurence quoi faire *avec les garçons*. La mère de Madec laissa passer quelques heures avant de répondre à son appel.

Une fois évalué le montant réel des fonds réunis par Tony, Laurence informa son amie que *quelqu'un* viendrait chercher les garçons sous peu. Elle recomposa le visage de Violaine, l'éducatrice de la catéchèse. À l'issue d'une conversation obtuse, le téléphone replacé sur son socle, la mère de Madec se rendit compte qu'elle n'avait jamais aimé Sylviane. Qu'au premier revers cette grosse vache lui était devenue étrangère. Était-il possible de se lier d'amitié avec une personne laide physiquement ?

Les mots avaient peu de valeur ; c'étaient les kilos de papier qu'il fallait peser. On jalousait son intelligence du pouvoir (depuis l'école primaire). On aimait le détester ; et on l'élirait pour mieux lui couper la tête. Monarchie révolutionnaire, la France avait besoin d'un roi qui condense tout son mal de vivre. Il fallait qu'un grand homme s'acquitte de la détestable tâche d'être la source de tout problème. *Le roi est haïssable*. Le ministre n'avait jamais fait de psychanalyse *(Je suis pragmatique : c'est mon côté américain)*, mais détenait cette fulgurance de lucidité, violente et simple, que les hommes politiques acquièrent pour survivre. Les kilos de papier. Il s'était attribué la phrase de Woody Allen. Sûr qu'il faudrait balayer pas mal de choses dans le service public. Du reste, il n'estimait guère l'actuel président de France Télévisions. *Son air de héron apprêté.* Facile de parader, remarqua-t-il, *quand on ne gère pas ses équipes.* La faute était intolérable. Il s'agissait de la vie d'un enfant, de l'honneur de braves gens. Le ministre décrocha son téléphone. Deux heures plus tard, après vérification auprès des autorités italiennes, le CSA émettait un blâme à l'encontre du groupe audiovisuel public pour son reportage mensonger.

Tony bondit comme un gosse. S'il avait toujours fonctionné au culot, la plupart du temps les choses se figeaient à l'étape du *presque bon.* Cette fois-ci, ç'avait fonctionné. Pas qu'un peu — et il n'en revenait pas. Pour une fois, il avait bien fait d'attendre.

Ne pas annoncer la nouvelle à Stéphane et à Laurence en même temps — se réserver le privilège de la double surprise. Le frère de Laurence se fit couler un bain qui ne dilua pas son bonheur. L'eau brûlait juste ce qu'il faut.

De retour chez lui, le ministre devait endurer une scène de ménage. Il était question d'un déplacement en province (pour la décoration d'un préfet), et d'une maîtresse plus voyante que de coutume. Rarement jalouse, la femme du ministre avait son orgueil. Les époux s'étaient chicanés sur la question du *tact.* Il ne s'agissait pas d'avoir mauvaise conscience *(on ne force pas les sentiments)*, mais d'en donner le change. C'est qu'aujourd'hui, avec les médias, la pression, l'accélération de l'information, la disparition des horaires, il fallait *décompresser*, répondait le ministre. Quel homme politique ne fléchissait pas ? *De Gaulle c'est terminé.* L'acte sexuel, lorsqu'il devenait fréquent, s'incorporait aux gestes de la vie courante ; avec le nouage des lacets, le lavage les mains, ou le brossage des dents. Le ministre se souvint de sa prime enfance — d'une époque où le sexe était encore une chose intouchable (sacrée). Il fut interrompu dans ce ricochet par son épouse, dont la voix dépassait à présent le seuil de l'abstraction. Elle hurlait qu'il était *un petit mec*, un *mec comme les autres* ; que *ministre ou pas ministre*, il se prenait *pour quelqu'un d'autre*, et s'imaginait viril au motif qu'il pouvait *faire émettre un putain de blâme du CSA* (le ministre avait crâné à ce sujet dans l'après-midi — il s'en repentait ; détestait par-dessus tout que *le boulot* intervienne dans les disputes de couple). Les lèvres retroussées, son épouse répéta : « C'est ça qui te fait vivre, hein. »

Le ministre se laissa choir dans un grand fauteuil, et entama la technique — c'était son expression — de l'arrosoir *(Attendre qu'il se vide)*. Elle s'arrêterait bien à un moment de lui attribuer tous les torts du monde (aucune liste n'étant infinie). Peu concentré, le ministre perçut un début d'érection. Facile de reprocher aux autres ce qui nous rebute, pensa-t-il *(typiquement féminin)*. L'homme d'État s'interrogea sur ce qui le *faisait vivre*. Contrairement à ce qu'affirmait son épouse, ce n'était pas de pouvoir *blâmer France Télévisions*. Bien plutôt, la curiosité — *stupide*, reconnut-il intérieurement — de ce qui lui arriverait le lendemain. Il aimait la vie.

Au début de sa carrière, un journaliste lui avait demandé :

— Qu'est-ce qui vous fait peur ?

— L'évidence, avait-il répondu sans hésiter.

Stéphane était sur répondeur. Tony laissa l'un de ces messages détachés qui résonnent d'importance. Il alla frapper à la chambre 34. Laurence prenait une douche. Il attendit dans le couloir que l'eau cesse de couler. Lorsque sa sœur ouvrit la porte, il lui conseilla de s'asseoir sur le lit. Il avait une nouvelle.

Dans une semaine avaient lieu à Rome les prochaines *Journées mondiales de la Jeunesse*. Il avait passé la nuit à tout organiser. Et c'était d'accord. Laurence demanda ce qui était d'accord. Pour faire durer le plaisir, Tony répondit *le Pape*. Laurence ne comprit pas tout de suite. Son frère savourait chaque seconde. Il précisa : « Le Pape va parler de Madec aux JMJ. »

27

Antonin sortit son sexe de sa braguette et sauta sur le lit. Ça faisait valser le bout. Il exécuta quelques tours sur lui-même, jusqu'à ne plus trouver les lignes droites, et s'écroula comme un poids mort. Une fois examiné son organe blanc, alangui sur le velours du pantalon, il le remit en sûreté et zippa sa braguette. Ensuite, l'enfant se voila les yeux pour être invisible. Où était Madec ? Vladimir pénétra dans la chambre. Il avait passé son costume d'Indien, et implora son petit frère de se déguiser en cow-boy. Antonin n'avait pas envie de jouer à la poursuite cheyenne. La veille, trop de *hou-hou-hou* lui avaient éraillé la voix, et ça faisait mal en avalant. Pourquoi toujours se déclarer la guerre ? On pouvait aussi être *ami indien, ami cow-boy* (sauf que, pour Vladimir, l'amitié n'avait aucun intérêt). Antonin proposa plutôt de *dessiner des trucs*. Vladimir dit : « D'accord mais des bites ! » L'idée satisfit son frère, qui partit chercher les feutres.

Jeune ministre peut-être, mais ministre de pouvoir. Combien d'hommes dans le monde pouvaient demander un service au Pape ? Le concours de *la Boutin* avait été, c'est vrai, déterminant, mais tout partait de lui. Le jeune politicien se sentit fier de rendre un tel service aux Macand. Il enjoignit son « service communication » de rédiger une dépêche spécialement calibrée pour les rubriques *Indiscrets* des magazines — rubrique qui détaillerait le rôle qu'il avait joué personnellement dans l'allocution papale. Il inscrivit en marge de son mémo deux phrases qu'on devrait l'avoir entendu prononcer : *L'enfance est œcuménique.* Et surtout : *Au-delà des religions.*

La reporter en turban de France 2 avait été suspendue sur-le-champ. L'affaire serait jugée en référé : les Josserand *risquaient* de recevoir une bonne partie des deux cent trente mille euros requis par leur avocat. Laurence estima que, le cas échéant, ils pourraient la remercier chaudement. Sans rien demander à personne, ils allaient toucher vingt briques. Était-ce donc si facile ? Laurence eut une pensée pour Murdoch et se dit que, tout de même, le hasard avait le sens de l'ironie. Le front vers le ciel, elle chercha une logique. Sûrement ce pédophile payait-il pour les femmes exploitées, et pour toutes les esclaves du libéralisme, en Inde, en Chine, ou au Pakistan.

Lorsque Violaine s'introduisit dans la chambre d'Antonin, elle découvrit deux enfants allongés à plat ventre en train de dessiner. *On dirait des chatons*, pensa-t-elle en s'approchant sans bruit. S'apprêtant à féliciter *les garçons* pour leur art, elle découvrit, hébétée, une collection de pénis multicolores. De toutes tailles. Elle n'en avait jamais vu autant. La nourrice se demanda un instant comment réagir, et prit la bonne décision : elle saisit l'intégralité des feuilles et les déchira furieusement. Antonin et Vladimir paniquèrent : ils ne l'avaient pas entendue arriver. « Époque de dingue ! » hurla Violaine. Elle expliqua que c'était très très mal, qu'on ne dessinait pas *ces choses-là* — et qu'avec elle à la maison, ça ne se passerait pas *comme en colo*. Le drame de notre temps, pensa-t-elle après s'être calmée, c'était que pour la toute première fois, les gamins devenaient eux aussi — comme si les hommes n'y suffisaient pas — des pervers sexuels.

Dans le même temps, le site Internet d'un journal indépendant d'investigation publiait un article assorti d'un enregistrement clandestin (qui pouvait être écouté en intégralité par les abonnés payants). En cliquant sur le fichier sonore, une fenêtre nouvelle titrait : SCANDALE AU CSA. *Quand les parents Macand tirent les ficelles des médias*. On entendait alors la voix de Laurence, brouillée par des frottements. La mère de Madec chuchotait : « C'est de vous à moi — mais nos amis Josserand, qui sont interrogés en France, seraient à l'origine de la disparition de mon fils [...]. Il serait mort. La police sait qui a tué mon fils. »

Le ministre projeta sur son sous-main un stylo-plume qui cracha une gerbe bleue :

— À chaque fois qu'on veut être sympa, ça se retourne contre vous.

— Vous avez pris la bonne décision, monsieur le Ministre.

— Qu'est-ce que cette tarée avait besoin de raconter des conneries à la première caméra venue ?

— On ne sait pas encore. Nous cherchons à la contacter.

— Je passe pour qui avec Carolis, Interpol et le CSA ?

— Ça n'a rien à voir avec vous.

— Je vous rappelle que j'ai prévenu le Pape : ça devient mondial leur affaire.

— C'est peut-être un faux, monsieur.

— Vous savez que non, lâcha-t-il excédé. Les services l'ont analysé.

— Oui, mais pour le reste du monde, c'est encore *peut-être un faux*. Personne ne l'a authentifié.

— Vous êtes sûr de ce que vous dites ? demanda le politicien après un silence habité.

— Je crois qu'il faut jouer cette carte, monsieur le Ministre.

De retour à Granville, la maison familiale avait semblé morte à Vladimir. Des éléments du départ traînaient dans le salon. L'air était sec et sans odeur. Peut-être Madec avait-il raison lorsqu'il affirmait que les maisons étaient vivantes. Sacrément drôles, les histoires de Madec. Vladimir, lui, n'avait aucune imagination. Il demanda à Violaine si c'était vrai que les maisons étaient vivantes, ce à quoi Violaine répondit qu'elle allait faire couler un bain. L'enfant monta dans sa chambre pour s'allonger sur son lit. Les draps n'étaient pas mis (Laurence les changeait au retour des vacances). Le matelas nu grattait les omoplates. Vladimir aurait bien pris des initiatives, mais il ignorait où sa mère rangeait les draps. Puis il ne savait pas *faire un lit*. Pourquoi les grands maîtrisaient-ils tous ça ?

Tétanisée, Laurence avait fini par décrocher son téléphone. Depuis que Tony lui avait présenté l'article sur Internet, elle n'avait pas desserré les mâchoires. *Il n'y a que la mort qui vous tue.* Comme un écho, la voix du père résonna de nouveau. Se redresser. Concevoir une solution. Des spasmes intestinaux lui tordaient le ventre. Maintenant, il fallait parler. C'était encore le « service communication » du ministère de l'Intérieur. Une voix de jeune énarque s'adressa à Laurence. On avait pris connaissance du document sonore. On était, comme elle, évidemment scandalisé. L'enregistrement était un faux — on n'en doutait pas —, le ministre la soutiendrait dans son combat pour la vérité. C'était aussi ça, d'être médiatisé : Laurence devrait apprendre à maîtriser sa célébrité. Avant de raccrocher, la voix répéta : *un message, vous n'avez qu'un message à faire passer, qui est aussi le nôtre, madame Macand — ce document est un faux.*

Vladimir et Antonin avaient insisté pour dormir ensemble dans le *lit des parents*, mais Violaine s'y était opposée. Ce n'était plus de leur âge ; et demain il y avait de nouveau école. Avec ses cheveux courts et son nez en trompette, Violaine ne ressemblait pas le moins du monde à Laurence Macand. Pourtant, elle dégageait la même sorte de présence autoritaire et dédaigneuse. Comme Laurence, elle détestait les sous-entendus (ne les comprenait pas). En outre, se dit la nourrice, les deux garçons avaient probablement perdu leur frère. Bien qu'ils fussent inconscients de la gravité de la situation, elle ne pouvait tolérer leurs rigolades. Ils la remercieraient plus tard.

Avant de s'enfermer dans les toilettes, il avait fallu que Laurence se confronte à la réalité du monde — pour la première fois depuis la disparition de Madec. Étrangement, Tony n'avait commenté que la dimension stratégique du problème. Si elle continuait de n'en faire qu'à sa tête, c'est toute la crédibilité de leur image de marque qu'on allait foutre en l'air. Une fois encore, il fallait rester pragmatique : *solutionner* chaque chose *en temps réel.* Laurence avait depuis longtemps effacé de sa mémoire la scène *des mignonnettes,* que la honte qu'elle éprouvait convoqua en secret. Pour son huitième anniversaire, elle avait absorbé dans la buanderie toute une boîte de chocolats alcoolisés. Face à son frère et à son mari, pourquoi ? elle avait ressenti la même culpabilité — le même écœurement. Dès sa lecture de l'article, Stéphane l'avait scrutée comme une ennemie — comme quelqu'un qu'on ne comprend pas (ou qu'on ne connaît plus).

Malgré leurs deux semaines de retard sur la rentrée, aucun élève ne questionna Vladimir et son frère. Les enfants réintégrèrent sans heurt leurs classes respectives. Antonin imagina un monde où il aurait disparu, lui, à la place de Madec. Chez les enfants, rien n'était plus ordinaire que de disparaître. Lucie ne s'était-elle pas envolée, puis transformée en luciole il y a deux ans, sans inquiéter personne ? Antonin visualisa son ancienne amoureuse en train de ramper dans les herbages nocturnes. Il se jura de faire plus attention aux insectes sous ses pieds.

La vie est le seul jeu dont le but est d'en connaître les règles. Avec vingt-six ans de recul, et sans se rappeler l'auteur de cette citation, Laurence eut pour la première fois l'impression de saisir son sujet du bac philo. C'est la physique-chimie qui avait sauvé sa mention. Un jeu, la vie ? On naissait et, jusqu'à un certain moment, on n'était responsable de rien, ni de personne. Après quoi on était responsable non seulement de soi, mais aussi de ses patients, de ses enfants, de son mari, de ses élèves et de ses chats. « Le fait d'autrui », murmura Laurence. Quant à soi, la vie était une affaire de probabilités. Dans une situation donnée, il y avait toujours le risque qu'il ne se passe rien. *Il n'y a que la mort qui vous tue.* Pourquoi, comme une réverbération, la voix du père revenait-elle toujours et encore depuis quelques jours ? Hilaire Legendre avait vu juste : la mort l'avait tué. Sa fille se rappela la nuit des concombres. Un regard impromptu sur le dos de ses mains la troubla. À la racine des doigts, sa peau formait des ridules sèches en forme de tourbillon. Laurence Macand se caressa le poignet en frémissant. Elle se demanda ce qu'était un choix.

Pas de quoi se plaindre du menu : pour un service carcéral, ç'aurait pu être pire. Par maladresse, Ron Murdoch laissa chuter une goutte de salive dans sa soupe aux deux potirons. La goutte dessina une auréole à la surface du bol, et s'abîma dans la purée de légumes. Les cellules étaient individuelles — nul n'avait vu baver Ron : pourquoi donc hésitait-il à porter de nouveau la cuiller à sa bouche ? Ce n'était qu'un extrait de lui-même : ç'aurait bien le même goût. Après une gorgée d'eau tiède, il observa sur le béton la trace d'anciens barreaux. Désormais une grille presque invisible — mais plus solide — les avait remplacés. *Metaphor of our time.* La grille laissait passer quasiment toute la lumière du jour. Ron se remémora les ombres d'un autre temps, versées sur le sol par d'autres barreaux, aux alentours de 19 heures. Combien il appréciait ce moment.

Il se sentit déconnecté de tout. Peu d'hommes pouvaient concevoir son état. Ron Murdoch avait connu la liberté, au sens propre du terme. Car c'était aussi ça, la vie : faire ce qu'on voulait, quand on le voulait. *Qui donc le sait ?* s'interrogea-t-il. La suite était un autre problème (un problème de neuf mètres carrés).

28

L'oncle de Madec avait insisté pour louer une berline. On n'arrivait pas chez le Pape en 807. Il avait opté pour une Mercedes anthracite — avec l'option vitres teintées. Laurence pressa un bouton sur son accoudoir : un écran s'alluma devant elle (dans l'appuie-tête du conducteur). Après une courte vidéo commerciale, elle eut la possibilité d'écouter la radio, de regarder un film, ou bien de composer un numéro de téléphone. Elle pressa son index sur l'écran, mais il n'était pas tactile. Stéphane ronflait la bouche à demi ouverte, alangui sur le cuir de la banquette. Sa femme se réjouit que les vitres fussent teintées. C'était *classe*, de la part de Tony, de bien vouloir jouer le rôle du chauffeur. Laurence reconsidéra l'enregistrement clandestin : il n'y avait décidément plus d'éthique dans la profession de journaliste. *Tout ça pour des pourcentages d'audience.* Surtout, comment la jeune reporter avait-elle pu prévoir d'installer un micro dans sa voiture ? Laurence n'avait jamais failli en public. Les médias la suspectaient-ils ? Encore une fois, le *coup de chance* : c'est la réaction inespérée du gouvernement français qui l'avait expiée. Pour une raison inconnue, depuis la disparition de Madec, les choses semblaient s'imbriquer à la faveur d'un hasard déroutant...

Tony avait méticuleusement conçu les éléments de langage de sa sœur et de Stéphane. Dans la cour du Palais, une trentaine de *cameramen* attendaient les Macand. Laurence sortit la première et dissimula son visage sous un châle. Cela lui donna un air persan. Stéphane la suivit sans prêter attention aux objectifs. Un ministre papal accueillit les parents de Madec à l'entrée du bâtiment. Il ferma une haute porte derrière Tony et mena tout le monde à l'étage, dans une pièce dispendieusement décorée. Le mobilier Renaissance comportait un divan de chevron havane, une série de chaises dorées à la feuille, une espèce de méridienne en bois sombre et un petit bureau agrémenté de cartons vierges (pour la correspondance des invités). Des tapis épais recouvraient les tomettes, et Laurence eut secrètement envie de s'allonger par terre. On patienterait ici jusqu'à l'allocution de Sa Sainteté. Si les Macand désiraient quoi que ce fût (thé, café, nourriture), il fallait convoquer le majordome en tirant d'un coup sec une tresse de velours qui pendait du plafond. Les toilettes étaient à l'extérieur, au bout du corridor à gauche.

Une fois le ministre papal disparu, Tony et sa sœur avaient eu un fou rire. C'était *nerveux*. Par quelle suite d'événements se trouvaient-ils au Vatican dans *la chambre d'amis du Pape* ? Laurence s'était ressaisie en apercevant Stéphane face au mur, priant sous un crucifix. Il s'était agenouillé en silence et chuchotait quelque prière dans un état de grande concentration. Laurence, qui habituellement goûtait la foi de son mari, l'adjura de *cesser ce cirque*. Ce n'était ni l'endroit ni le moment. Sans vouloir polémiquer, Stéphane répondit par réflexe : « Où alors ? » Derrière une horloge astronomique, et dont le globe en étain devait peser cent kilos à lui seul, le père de Madec entrevit par hasard le bouchon de ce qui pouvait être un carafon d'alcool fort. Il se leva.

Ce n'était pas un métier. Il n'avait jamais pensé à *devenir pape*. D'ailleurs, depuis Adrien VI, on n'avait point rencontré d'autre Souverain Pontife qui ne fût italien. Tout au plus avait-il désiré l'archevêché de Cracovie — et s'en était repenti. Comment concilier Dieu avec l'ambition d'être important ? Souvent, l'homme avait envié les protestants. À part lui, le jour de son sacre, face à tout ce que l'Église catholique pouvait comporter d'âmes désolantes, il avait considéré la Trinité. Qu'avait-il accompli dans sa vie d'homme ? Le communisme était une mauvaise idée. Il remercia le ciel de lui en avoir donné, si tôt — tout au moins, *pas trop tard* —, la conviction. Son corps le faisait souffrir. Ce serait à petit feu que Dieu rappellerait son âme. Isolé dans sa méditation, le vieil homme réalisa qu'il était entouré d'officiants lorsqu'un garçon à la peau très blanche posa sur son crâne une mitre. Le garçon pendit délicatement deux infules autour de sa carrure. On le touchait déjà comme une relique. Ce jeune être était gracieux — il réveilla chez le vieil homme son frère aîné, mort depuis une éternité. Il s'attarda sur le mot *éternité*. Dehors, comme chaque année, quantité d'adolescents étaient venus l'écouter (le photographier). Le Pape regretta que ce fût pour lui plutôt que pour Dieu.

Stéphane se trouvait légèrement éméché lorsqu'un prêtre était revenu escorter les Macand jusqu'au Très Saint-Père. Cela faisait pourtant deux semaines qu'il s'était interdit de boire. Dans son coin, pendant la sieste de Laurence et les coups de téléphone de Tony, il avait rempli quatre fois son verre. Dans quelle intention stockait-on du bourbon chez le Pape ? C'était forcer la confesse. Chemin faisant, Laurence sortit de son sac à main une bombe de laque Elnett pour cheveux secs et abîmés. La vaporisation du spray fit sursauter le prêtre qui marchait devant elle. Il fallut passer par divers couloirs, monter et descendre un nombre étonnant d'escaliers en colimaçon, d'où l'on apercevait une collection de peintures bibliques — Laurence s'en fit la remarque — effroyablement érotiques. Après quelques minutes de promenade, on entendit enfin une clameur. Le prélat toqua trois coups à une porte très lourde, et fit pénétrer les Macand dans le bureau de réception du Souverain Pontife. La pièce orange était vaste — et son balcon donnait sur la piazza San Pietro, où s'était massée une foule immense.

Le Pape se tenait de dos, les bras en croix. Chaque fois qu'il se mouvait, la clameur variait en intensité. On aurait dit un chef d'orchestre, ou bien un disc-jockey. Il tarda à Tony de voir *le mec de face*. Assis sur une sorte de trône, le Pape ânonnait sa prédication finale (que passait devant ses yeux un assistant dissimulé par la balustrade). On s'exprimait en italien, mais il parut à Tony qu'il était question de Shoah. À un moment, il y eut un silence, et le Souverain Pontife baissa les yeux. Émue, la foule se tut. Avec l'alcool, Stéphane manquait un peu de discernement, mais il lui sembla que le vieil homme s'était endormi. Après quelques secondes de mutisme, le Pape soubresauta, et reprit sa lecture. Il dit une parole d'amour. Se relevant avec peine de son siège, le Saint-Père s'effaça pour la multitude. Au début, il ne distingua pas les Macand (sa cataracte s'était aggravée depuis peu). Tony en profita pour le dévisager. Sous sa dalmatique en fil d'or, Sa Sainteté arborait un air paysan.

Le Souverain Pontife ne s'était pas remis du chemin de croix de vendredi. En dépit de sa nouvelle *Papamobile* (plus confortable), et des protocoles liturgiques revus et adaptés (qui requéraient moins sa présence), à chaque respiration il s'entendait mourir. Amer, le vieil homme regretta d'avoir cédé à la pression de ses conseillers — qui désiraient que le Pape se tînt debout dans son véhicule *durante tutta la via crucifis*. Recouvrant ses esprits, il vit s'avancer vers lui la silhouette arquée du vieux Comman. Son conseiller spécial lui apportait un dossier, et les lunettes pour qu'il en prît connaissance. Comman expliqua au Pontife que les parents de *cet enfant* se trouvaient ici (il lui présenta la photographie de Madec) — et qu'il était convenu avec le gouvernement français d'en parler *tout à l'heure*. Chaussant avec peine ses verres, le Pape vit se former devant ses yeux le visage tout à fait splendide d'un garçonnet roux — un visage qui lui était inconnu.

Laurence se trouva déçue par l'accueil du chef de l'Église, qui lui avait tendu une main molle sans même croiser son regard, en prononçant un « *Gesù ti ama* ». Il avait confondu Tony avec le mari de sa sœur ; et Stéphane avec Frère Stéphane. Sans tarder, le vieil homme s'était à nouveau dirigé vers son balcon, pour l'homélie finale. Sur son tabouret, Tony était en transe. Dans trente secondes, Madec serait connu dans le monde entier. Grâce à lui. On vit le Pape bafouiller un peu, s'éponger le front, hausser une main vers la foule qui pleura en chœur ; et saisir sur son pupitre le portrait de Madec.

Grâce au contre-jour, Tony s'aperçut que le Pontife avait soulevé non le tirage en couleurs, mais le fax de secours. Sans réfléchir il se leva, mais fut énergiquement retenu par un prêtre. Pourquoi fallait-il toujours que quelque chose foire ? Le Pape brandit le fax, présentant à la foule le portrait inversé de l'enfant (qu'un conseiller replaça révérencieusement à l'endroit dans ses mains). Il dit : « *Questa ragazza è sparita. Piccola Madic è stata sottratta dall'amore dei suoi genitori* — le conseiller murmura à l'oreille du Pape quelques mots, et le Pontife se corrigea —, *Piccolo* Madec *è stato sottratto dall'amore dei suoi genitori. Che Dio ci aiuti a ritrovarlo, con il vostro aiuto a tutti.* »

L'instant suivant, Laurence, Stéphane et Tony s'étaient à nouveau trouvés dans leur voiture de location, en chemin vers Florence. En effet, dès la fin de l'allocution papale, un ministre avait raccompagné les Macand jusqu'au parking du Palais. À Tony, qui avait insisté pour rendre grâce en personne à Sa Sainteté, on avait répondu qu'Elle était fatiguée — qu'on transmettrait ses remerciements dont on le remerciait amplement. Frustré, peinant à repérer sur l'autoroute la direction de *Firenze*, le frère de Laurence se convainquit que *l'important, c'était Madec.* Il se réjouit de constater que, d'ores et déjà, son téléphone s'était remis à vibrer beaucoup. Il lui tarda de s'enfermer dans sa chambre d'hôtel pour organiser les nouveaux *rendez-vous médias.*

Quelques kilomètres plus loin, le *smartphone* de Tony afficha soudain le numéro du ministère. Le conducteur emprunta la première sortie possible, tout en confiant le combiné à sa sœur. Après un court extrait du *Canon* de Pachelbel, Laurence fut *mise en relation* avec monsieur le Ministre. Contrairement à son habitude, celui-ci n'engagea pas la conversation, et attendit que Laurence parle. Il y eut un silence assez absurde. Attendait-il des remerciements de sa part ? Encore contrariée par l'accueil qui lui avait été réservé au Vatican, la mère aurait du mal à se réjouir entièrement. Les yeux rivés sur le paysage sec et défilant, elle sut néanmoins gré au ministre pour son aide. Et elle réitéra la chose, pour compenser son détachement. Alors elle comprit qu'un cap était passé — et le ministre se mit à dialoguer comme de coutume, expliquant que c'était tout à fait normal, qu'il espérait que ç'avait *sonné le tocsin* et que la police italienne allait *activer le turbo.* On raccrocha.

Un presse-papiers offert par Kofi Annan au creux de la main, le ministre pensa à ses fils, aux jours de leurs naissances respectives. *Sale boulot.* Il était probablement mort, ce gosse.

Pour faire une halte, Tony s'était garé dans la ville de Volterra. On se résolut à *marcher un brin* pour se dégourdir les mollets, et pour acheter de l'eau. Tandis que Stéphane vérifiait la pression des pneus, son épouse partit à la recherche d'une épicerie. Foulant une côte gravelée, elle repassa dans sa tête la conversation avec le ministre. On n'avait pas évoqué une seconde l'enregistrement clandestin. Il avait suffi que quelque chose dérange pour que la chose disparaisse. *La sincérité est humaine*, pensa-t-elle, *mais la politique, c'est de la finasserie*. Laurence n'avait jamais été cynique. Faisait-elle sa crise d'adolescence à retardement ? En chemin, elle s'arrêta devant un édifice dont la façade représentait plusieurs scènes de torture. Levant la tête, elle découvrit une inscription :

IL MUSEO DELLA TORTURA.

Le guichet était vide, et elle entra. Laurence avança de quelques pas pour se pencher sur l'ultime cartel de la visite (qu'on apercevait depuis le hall).

Le soleil de fin d'après-midi frappait comme un homme. Avachi dans sa berline, les fenêtres ouvertes, Stéphane se remémorait le visage du Pape. L'intelligence était un vice — et la vieillesse aussi. Sous leurs deux prétextes, on pouvait se permettre d'être *ailleurs*. Et lui, comment vieillirait-il ? Il ne s'était jamais posé la question. Plus le temps avait passé, plus il avait bu. La perspective de la mort ne l'inquiétait pas — elle lui cédait une excuse. Bandant le bras, Stéphane posa une main sur le toit de la voiture ; qui était brûlant. La douleur envahit sa paume. Il ne la décolla pas. Cogitant un instant, il convint tout à fait qu'on puisse devenir dément avec l'âge.

Laurence se figura les experts invités à la télévision, qui savent pourquoi notre époque est violente. Elle avait acheté (mais pas lu) l'essai d'une psychologue sur les liens entre délinquance et jeux vidéo. Remontant jusqu'au Moyen Âge, la mère de Madec relativisa en lisant le texte qui figurait sous ses yeux.

La *torture des rats*, conçue par des évêques et mise à exécution par leurs hommes de main, consistait à déshabiller complètement un homme qu'on allongeait sur une table. L'homme était immobilisé à l'aide de cordes et de chaînes. On posait sur son ventre à l'envers un récipient métallique en forme de cuvette, qui contenait un grand nombre de rats ou de loirs. Ensuite, on chauffait la cuvette en allumant dessus un feu de bois. À l'intérieur, les rongeurs paniqués par la chaleur (et face à l'impossibilité de s'enfuir) creusaient une galerie dans le ventre même de l'homme. Les bourreaux les plus coriaces rechignaient à appliquer cette méthode — non tant à cause des effroyables cris de souffrance du condamné qu'à l'idée de voir sourdre d'un être vivant une horde de rats ensanglantés.

Troublée, la mère de Madec s'entendit balbutier : *Amen*.

29

Il y avait toujours un instant où Laurence, précédant sa propre pensée, croyait Madec disparu mais vivant. Elle se demanda ce qui différenciait la réalité de l'imagination, et n'aboutit à aucune réponse. Moins de deux semaines après l'appel du Pape, les dons s'élevaient à plus de trois millions d'euros. Dans sa prévoyance habituelle, Stéphane avait exigé le recrutement d'un comptable à plein temps. Il ne s'agissait pas d'être poursuivi par le fisc lors du retour en France — et, avec de telles sommes, *l'erreur était humaine*. Tony avait ajouté : « L'erreur est même *uniquement* humaine », mais son trait d'esprit n'avait pas fait mouche.

Sans avoir aucunement œuvré à la chose, Paolo s'était entiché de Venezia. Trois jours après leur premier contact sexuel, il avait eu envie de lui téléphoner. Alors qu'ils passaient leur premier week-end ensemble, après un mois de relation, il s'était rendu compte qu'il ne s'ennuyait pas. Avec une femme. Il n'avait parlé à personne de cette aventure — surtout pas à sa mère — et ça aussi, c'était une première. Avec ses douches à la lavande, son vernis rose, ses pains d'épice et ses thés magiques, Venezia lui changeait les idées. C'est que, depuis quarante jours, Andreotti avait consacré toutes ses pensées à un enfant qu'il n'avait jamais connu — et qu'il renonçait doucement à ressusciter. Sur l'oreiller, la jeune femme posait mille questions à propos de l'enquête. Un jour, plus dramaturge qu'inspecteur, Paolo avait imaginé : *Et s'il n'avait jamais existé ?* Ce serait une belle pièce *(à la Pirandello)*.

Depuis qu'il avait cogné sa femme, Stéphane se réveillait toutes les nuits à 3 heures du matin en pensant : *Je l'ai tuée !* À la limite du somnambulisme, il le pensait sans le prononcer à voix haute, comme à demi conscient de la proximité de son épouse. Avec l'agitation, Laurence ouvrait insensiblement les yeux, et replongeait dans son sommeil. Stéphane la regardait se rendormir. Avec l'altercation, Laurence était redevenue *contingente* ; comme la première fois qu'il l'avait rencontrée. Il se souvint des plaisanteries, toujours indélicates, du docteur Thimonier. *Pute borgne. Vous auriez dû faire de la couture plutôt que de la chirurgie.* Les yeux de Laurence lui rappelaient ceux de sa mère (précis et durs, même clos). Jeune interne, Stéphane n'aurait pu prédire qu'il rencontrerait sa femme au bloc, un masque en papier voilant *la cicatrice*. Aujourd'hui, dans l'obscurité de la chambre, c'est Laurence qui paraissait porter un masque. Et c'est lui qui tombait amoureux.

Hormis deux *campagnes médias*, la prise en charge des dépenses courantes ainsi que des frais d'avocats, Tony décida de verser les fonds de l'association à un panel d'agences de détectives privés (qui disposaient souvent de moyens supérieurs à ceux de la police). On choisit quatre agences parmi les meilleures, dont la prestigieuse londonienne *Control Risks Group*, qui avait enquêté sur la mort de Lady Di. Stéphane tomba des nues : le prix d'entrée, pour une enquête internationale, s'élevait à plusieurs centaines de milliers de dollars. Une fois encore, il fallut bientôt délivrer les mêmes éléments, répondre aux mêmes éternelles questions (mais à des hommes complaisants, et portant des costumes sur mesure). Laurence éprouvait une certaine jubilation à l'idée que le directeur de la résidence serait à nouveau importuné.

Un soir qu'il classait les devis, Stéphane s'arrêta sur une facture qui lui parut différente des autres. Tony n'avait pas mentionné l'entreprise ESO-QUESTION (qui facturait tout de même un service à hauteur de trente mille euros).

Simone — le poisson rouge — n'était pas vivace. Il tournait lentement dans son aquarium, s'approchant par instants de la petite voiture que Venezia avait placée près de la pompe à air. À chaque passage chez sa nouvelle amie, Paolo aimait verser ses paillettes à Simone. Une fois nourri, le poisson retournait se cacher derrière une algue factice. Paolo dépliait alors son journal. Seulement, depuis peu, il ne parvenait plus à lire. Un souvenir le grattait. Pas un souvenir — un état. Celui qui, enfant, l'aurait fait demeurer une heure, dix heures, béat devant l'aquarium. Qu'est-ce qui avait changé ? Le journal le lassait, le poisson le lassait, les enquêtes le lassaient.

Mélancolique, l'inspecteur avait croisé les yeux ensoleillés de Venezia, qui l'observait tout en préparant du thé. L'espace d'une seconde, il avait eu l'impression de redevenir petit ; lorsqu'il s'ennuyait uniquement pour qu'on vienne le dorloter.

Il fallait n'écarter aucune piste. Tony était formel : la voyance pouvait contribuer à retrouver Madec. Stéphane, de son côté, admettait difficilement de *payer deux cent mille balles* une cartomancienne. Tony répliqua que trente mille euros, ça faisait *largement moins de deux cent mille francs*. Il ne s'agissait pas d'une simple *tireuse de cartes*, martela l'oncle de Madec, mais d'une agence *complète*, reconnue internationalement, qui explorerait toutes les disciplines de l'ésotérisme au bénéfice de l'enquête. Lecture dans le cristal, dans le marc de café, tarot, tirages de cartes, pendules, télékinésie, hypnose — et même, déchiffrage au sang. C'était un *programme sérieux*. Stéphane l'estima pour le moins total. Il se souvint de la seule voyante qu'il avait consultée, lors d'un voyage étudiant à New York. C'était pour rire. Dans sa guérite de *Palm Reading*, la jeune femme peroxydée lui avait servi un Coca-Cola. On était loin du mythe. Creusant dans sa mémoire, il tenta de se rappeler la consultation. Le poing qu'elle lui avait demandé de comprimer fort. Très fort. Elle avait disparu pour aller chercher des cigarettes. Disséminant nonchalamment sa fumée dans la petite pièce, tâtant la main rougie de Stéphane, la voyante avait déclaré : *You'll have two kids.*

Andreotti s'était souvent demandé pourquoi on désirait les gens beaux et non les gens gentils. C'était d'une incohérence totale, parce que la beauté meurt et que la gentillesse reste. Venezia fit tourner un vinyle de Gino Paoli, qui compilait quelques succès du *crooner* italien. Le premier morceau, *La Gatta*, contait l'histoire d'une petite chatte sommeillant sur l'épaule du chanteur dans sa jeunesse. Il ne possédait alors que sa chambre de bonne sous les toits (avec vue sur la mer). Une chambre et une petite chatte. Aujourd'hui, le chanteur était *arrivé* ; il avait tout ou presque, mais il était vieux, et sa petite chatte était morte. Paolo pensa à la mort de sa mère. Était-ce pour bientôt ? Il ne voulut pas le savoir. Et lui, était-il *arrivé* ? L'inspecteur passa en revue les centaines d'affaires de sa carrière et, du même coup, les visages de leurs protagonistes. Quelle leçon tirer de tout cela ? Le changement lui sembla une interminable illusion. Les hommes n'étaient pas différents des enfants. Ils ne faisaient que porter des masques plus vieux.

Stéphane conservait un souvenir photographique de ses Pyrénées natales. Sans cesse seul, il avait pris l'habitude de l'observation. Les arbres, les sols, les animaux composaient le décor de ses romans imaginaires. Il ne jouait que seul, exceptionnellement environné d'adultes. Petite-fille d'aristocrate, sa mère avait déchu dans sa condition, mais pas dans ses valeurs. Ne pouvant acquitter les services d'une dame de compagnie, elle usait de tous les stratagèmes pour ne point s'occuper de son fils qui, pourtant, *avait oublié d'être bête*. Avec le déménagement à Paris, la situation avait empiré. Les dimanches, Marie-Christine Macand réservait pour Stéphane un taxi à la journée et allait prendre le thé avec des amies. À la fenêtre de sa voiture, qu'il baissait toujours — en dépit de la météo —, Stéphane voyait passer l'Assemblée nationale, l'obélisque de la place Vendôme, les jardins du Sénat. Le chauffeur lui demandait où aller, et l'enfant disait *partout*. Au dîner, sa mère l'interrogeait sur son parcours. Cependant que Stéphane commençait d'en faire la recension, elle l'interrompait une seconde pour tester un nouvel appareil ménager. Alors son émission débutait, et il fallait aller au lit. Papa, qui avait appelé d'Indochine ou bien d'Algérie, embrassait fort son garçon.

Sur la côte basque, durant les vacances, Stéphane se voyait confié à son frère. De vingt-deux ans son aîné, Alain le traînait dans des boîtes à jazz enfumées sans lui adresser la parole. En outre, il fallait se coltiner ses copines décervelées (car Alain était beau). Le grand frère fumait presque d'un doigt, comme Alain Delon, oubliant son geste, en rythme avec les cuivres. Stéphane se sentait en prison, libre mais dépendant d'Alain ; entouré sans personne. Il en garderait une aversion pour le swing. Le petit garçon avait conscience qu'un père *était bourru*, qu'une mère ne pouvait être heureuse sans être *une femme du monde*. Malgré tout, Stéphane aurait bien aimé qu'on l'aime.

Le père de Madec était né par hasard du tout dernier rapport de ses parents, d'une mère qui se pensait ménopausée. À tout prendre, il préférait encore le temps libre à Paris, sur la banquette d'une voiture qu'il menait à son gré. Un dimanche d'avril, son chauffeur lui avait proposé, avec un sourire lubrique, d'aller *voir Pigalle*. Stéphane avait dit oui, parce que le mot lui rappelait les cigales, qu'il n'avait jamais réussi à entendre chanter en vrai. Au bout de la rue Caulaincourt, le chauffeur avait scruté une jolie rousse qui se pavanait boulevard de Clichy. Absorbé, il avait oublié le feu rouge. Il était mort sans s'y attendre.

Fallait-il forcer le bonheur ? Si Paolo ne concevait pas d'être père, l'idée d'un enfant lui sembla plausible pour la première fois. Malgré les paillettes aux crevettes régulièrement distribuées, le poisson rouge se trouvait de plus en plus mal. Aujourd'hui, Simone se tenait immobile au fond de l'aquarium. Les yeux dans l'eau, l'inspecteur reçut un appel du directeur de la maison d'arrêt de Florence. Ron Murdoch souhaitait lui parler en privé, le plus rapidement possible. Andreotti avait complètement oublié son principal suspect. Il dut s'arrêter un moment pour replacer les choses dans leur contexte. C'était ça, de s'attacher pour la forme à une hypothèse à laquelle on ne croit plus. Venezia le questionna sur son départ précipité, et Paolo, omettant le protocole, répondit la vérité. Il n'avait pas l'habitude qu'une autre personne que sa mère s'inquiète de son emploi du temps.

Stéphane avait vu sa propre joue découpée. Il avait vu le lambeau pendre sous son menton, tremblant, uniquement retenu dans le vide par un muscle sous-jacent. C'était ça, Pigalle ? L'enfant avait clos les paupières en pensant s'assoupir. À l'hôpital, il n'avait pas compris la réaction de sa mère (Marie-Christine Macand était furieuse). Elle semblait en vouloir à quelqu'un. Immobilisé pendant six semaines, Stéphane avait été contraint de lire beaucoup. Son père lui avait fait parvenir l'intégrale de *La Comédie humaine*. Chaque soir, une jeune infirmière lui caressait les jambes pour faire sa toilette :

c'était son moment préféré. Alain lui avait apporté un tourne-disque et des vinyles de Grappelli *(Stéphane comme toi)*. L'enfant les avait offerts à l'infirmière. Incapable d'ouvrir la bouche, il avait aspiré longtemps du bouillon à la paille — et s'était figuré combien il était aisé de remplacer le dur par le mou ; le bruit par le silence, la mère par l'infirmière. Un matin, le petit garçon s'était levé enfin, et dirigé avec ses béquilles vers la salle de bains. La pièce contenait un miroir.

Face à son visage déchiré puis recousu, Stéphane avait pris deux décisions : ne plus jamais aller à Pigalle ; devenir chirurgien.

30

Cela faisait une éternité que Murdoch n'avait pas rallumé la télévision. Elle lui avait fait trop de mal. Vaincu par l'ennui, il avait finalement demandé une télécommande à l'intendance de la maison d'arrêt. La Rai Uno lui apprendrait au moins l'italien. L'écran s'était ouvert sur une émission culinaire, qui proposait une technique pour colmater les raviolis sans blanc d'œuf. Hystérique, le cuisinier ponctuait chaque opération d'un signe de croix. Ron s'était assoupi, pour s'éveiller un peu plus tard devant le journal télévisé. Le premier sujet (comme depuis trente jours) concernait la disparition de Madec Macand. Le suspect, qui s'était délibérément tenu à l'écart de toute caméra, sous-estimait la médiatisation de l'affaire. Lorsqu'il aperçut Laurence Macand descendant d'une berline aux vitres teintées, sur le parking du Palais apostolique, il chercha le bouton *pause*. Sans aucun doute, il avait vu — conversé avec — cette femme au bord de la piscine. Cependant il la connaissait d'ailleurs. Incapable d'ordonner ses pensées, Ron n'avait pu dîner. Tout le soir, il avait fouillé sa mémoire — jusqu'à ce qu'une autre image télévisée, sans rapport avec la première (une retransmission de *Derrick*), le mette sur la voie. Un déplacement. Deux phares. La trajectoire d'une voiture se mouvant dans la nuit.

Lorsque Andreotti avait poussé la porte du commissariat, il avait essuyé diverses moqueries. Prétextant une angine, l'inspecteur avait posé un jour de congé pour passer vingt-quatre heures supplémentaires en compagnie de Venezia. On lui demanda d'un ton goguenard s'il s'était fait blanchir les dents — *y'a pas de honte à passer à la télé*. Paolo réalisa qu'on faisait preuve à son égard de jalousie. Que, précisément, *il y avait une honte* à passer à la télé. Ou plutôt une envie. On lui en voulait d'être médiatisé, de se faire poursuivre par des journalistes devant le commissariat, d'être identifié dans la rue. Andreotti n'avait jamais fait attention aux passants. Il se sentit embarrassé par ses collègues — et ne reconnut plus ceux qui, depuis des années, composaient son équipe. Dans la cafétéria, ça devait ragoter sérieusement. Contre toute attente, l'inspecteur se sentit flatté. Il devenait visible — et donc invisible. Plein d'impertinence, un sous-lieutenant lui demanda *où en était l'enquête* ; et tout le monde pouffa. Sauf Andreotti, qui sereinement, avec une certaine allégresse, expliqua que le principal suspect venait d'incriminer la mère de l'enfant.

Contre le silence, on cherche une idée. Une idée pour s'accrocher. Tout, plutôt que le vide. Une liste de courses ; un ami disparu. Fréquemment, Laurence choisissait un prénom au hasard et le troquait pour celui d'un proche. Cela marchait surtout avec Stéphane qui, d'une seconde à l'autre, devenait Tarek, Hervé, ou Antoine.

Alors Laurence imaginait, à partir de ce seul prénom, des mondes divergents. Une vie inexplorée et pourtant racontable ; une maison à Paris, un manoir à Bayonne ; deux filles et un garçon, un *véto* à Tunis. Elle imaginait s'attacher à Antoine, l'aimer sérieusement, pour mille raisons dissemblables de celles qui l'avaient un jour séduite chez Stéphane. Il fallait inventer les qualités de Tarek, ses mimiques tendres, ses défauts excusables. Un visage aussi : creux, ou lisse. Tout cela semblait plausible. Au début on aimait un homme, et l'on finissait par ne plus même tolérer un prénom.

Le journaliste n'avait réclamé qu'une confirmation d'information à Stéphane. Et il avait reçu une bouteille de vin (vide) sur l'arcade sourcilière. Dans l'impulsion, le mari de Laurence s'était surpris lui-même — n'ayant pas l'habitude de défendre sa femme. Pourquoi s'était-il révolté ? Il y avait des *limites dans l'indécence*. Laurence accusée. Sa Laurence, complice de la disparition de Madec. Qu'est-ce qu'un connard de pédophile venait foutre la merde dans leur vie de couple ? Soi-disant, Murdoch avait *vu Laurence* le soir de la disparition — la belle affaire : son épouse était hôte, comme lui, de la résidence. Murdoch prétendait cependant l'avoir identifiée au volant d'une voiture, pénétrant dans la résidence depuis la route extérieure — élément absent des multiples dépositions de Laurence... Stéphane se souvint toutefois qu'on ne disposait d'aucune preuve tangible contre Murdoch (qui, selon le protocole, ne tarderait pas à être relaxé). Dès lors, s'interrogea le père de Madec, dans quel intérêt professait-il une chose fausse ?

Laurence avait mimé l'ignorance, puis l'étonnement. Ce fut grossier (mais on joue mal ses véritables sentiments). On l'avait conduite dans la salle de visite de la maison d'arrêt. Pendu au faux plafond, un néon blanc grésillait comme dans les films. Pour la deuxième fois de sa vie, la mère de Madec se trouvait face à Ronald Murdoch ; et elle devrait lui parler. L'interprète demanda à Murdoch si c'était bien *elle*, et Murdoch hocha la tête avec le poids d'une certitude. Dans la voiture, Laurence avait eu le temps de concevoir son alibi et expliqua qu'effectivement elle était bien sortie de la résidence en voiture ce soir-là, mais accompagnée de son mari — comme elle l'avait répété *mille fois* —, dans le dessein d'aller acheter des concombres à son fils. Murdoch, qui avait saisi (deviné) sa réponse, la coupa en anglais et affirma qu'elle se trouvait seule dans la voiture — qu'il en était certain. Laurence détourna les yeux et déglutit. Tony en profita pour se lever, et exiger de *mettre un terme à cette grotesquerie*. Il tendit à Andreotti les coordonnées sur bristol de ses avocats. C'était pratique, pensa-t-il, l'argent. Laurence et son frère quittèrent sans se retourner la salle de visites. Immédiatement, l'inspecteur dégagea un téléphone de sa poche pour contacter la brigade scientifique.

Il avait un monospace de marque française à passer au peigne fin.

Certaines perceptions sont plus fragiles que les mots.

Ron Murdoch ne détenait qu'un contour d'émotion, une idée sans sa chair.

Face à Laurence, sous le néon clignotant, il avait identifié une pâleur ; le poids lourd de la faute.

Chez cette femme comme chez lui, bouillait la tentation du corps minuscule, vivant pour elle, sacré pour les autres.

Rien qu'un décalage, entre le monde et une volonté.

31

Laurence ne possédait plus son mari. Chaque fois qu'un journaliste s'approchait d'elle, Stéphane s'approchait du journaliste avec un air bravant. Il hurlait : « *Leave her alone !* » et faisait mine de frapper. On le savait maintenant capable de violence. Les images de ces esclandres, diffusées partout sur le Web, étaient désastreuses pour le *plan de communication*. Une application *iphone* proposait, exercices à l'appui, de s'entraîner à acquérir un aussi mauvais accent anglais que Stéphane Macand. Un blogueur avait créé un montage vidéo, qui intercalait ces extraits aux images d'un fan androgyne de Britney Spears, qui lui aussi bramait *Leave her alone !* Le contraste était saisissant. Tony implora Stéphane de se modérer — d'autant plus que les premières analyses de la 807 n'avaient rien donné. Andreotti cherchait simplement à *les pourrir*, il ne fallait pas *marcher dans son jeu*.

Depuis peu, le père de Madec éprouvait l'envie de rentrer à Granville. Était-ce abandonner son fils ? À force d'être toujours ailleurs, on devenait étranger à soi-même. Stéphane n'avait pas eu le temps de ranger le garage avant de partir en Italie. Sa petite église lui manquait. Comme son bureau avec l'intégrale de Chopin, obtenue à très bas prix en se réabonnant pour vingt-quatre mois à *L'Express*.

Andreotti avait perçu le trouble de Murdoch, comme celui de Laurence. Le soir même, Paolo avait dit à Venezia : « *C'è la madre.* » Troublée, sa compagne ne voulait pas y croire, parce qu'une mère ne fait pas de mal à sa progéniture — parce que c'était surtout là, avançait-elle, un stratagème d'autodéfense de la part de Paolo pour s'empêcher de désirer un enfant. L'inspecteur avait répondu que non, qu'au contraire l'idée d'un enfant… — et n'avait pas trouvé le mot. Venezia avait insisté pour qu'il finisse sa phrase.

À part lui, Andreotti ressentait une émotion étrange ; croissante à mesure que ses soupçons se fixaient sur Laurence Macand : l'envie d'offrir à un fils une mère qui ne ressemblerait jamais à celle de Madec.

Deux semaines après le versement des acomptes, Tony reçut les premiers bilans des sociétés d'enquêteurs privés qu'il avait missionnées. Rien de concret, excepté la piste déployée par PCPA Research Inc., qui évoquait un réseau pédophile au Maroc — et dévoilait la photographie d'un touriste, dans le fond de laquelle on apercevait, sur le dos d'une paysanne voilée, un visage pouvant être celui de Madec. La police locale avait été avertie, les recherches étaient déjà en cours. Tony avait réuni sa sœur et Stéphane pour leur présenter le cliché. Le tirage était de piètre qualité — et le visage possible du fils, égaré dans un flou agreste. La ressemblance était manifeste, mais il était impossible de confondre Madec avec certitude. D'abord ému, Stéphane s'était rapidement trouvé mal. Si la photographie ravivait potentiellement son fils, elle était aussi le signe présent de son évanouissement. Plusieurs minutes, Laurence s'était évertuée à percevoir des traits connus dans ce garçon inconnu, jusqu'à se faire presque duper.

On lui avait redemandé si ce visage appartenait à son fils. Elle n'avait pas réfléchi à la réponse, mais à la question. Le visage d'un enfant (un visage en général) appartenait-il à quelqu'un ?

Il y eut une nuit nouvelle.

Laurence et Stéphane n'avaient jamais fait l'amour comme cela. Elle l'avait touché à des endroits interdits. Sa femme avait tiré la couette et Stéphane l'en avait empêchée ; l'immobilisant avec des yeux méchants pour la pénétrer de côté. En elle il avait atteint une zone inédite. À mesure que le plaisir devenait évident, Laurence s'était échappée en pensée, elle avait vu passer la maison à Granville, les figures hilares d'Antonin et de Vladimir, le cahier *Passeport Vacances CE2*, une cocotte en fonte Le Creuset, l'ancien canapé du salon, ses aides opératoires. Tout cela était la vie, et tout cela existait. Elle avait joui.

Andreotti instaura une plus grande distance avec ses collègues. Il ne veilla plus le soir et disparut au déjeuner. On le soupçonnait de *prendre la grosse tête*. Il n'en était rien : l'inspecteur allait faire l'amour avec Venezia, qui lui manquait sans discontinuité. Interroger Laurence Macand était devenu un supplice. Il semblait à Paolo qu'elle minaudait en permanence et lui faisait perdre un temps précieux. *Quel temps n'est pas précieux ?* se demanda-t-il. Il se souvint de ses vingt ans, d'un été en Sicile. Contrairement à tous ses amis (mariés depuis une éternité), lui ne s'était rien juré. Paolo découchait souvent chez Venezia, à tel point que Gioia s'en inquiétait. Il avait grondé sa vieille mère, comme un adolescent verrouille sa chambre. De cet égoïsme banal Paolo avait tiré une volupté neuve, et qui ressemblait au plaisir d'exister.

Tony se pencha à la fenêtre de sa chambre d'hôtel. Son téléphone avait beaucoup sonné depuis un mois, mais jamais pour lui. Pas un ami, à part Solenne (mais c'était pour Noah) et Tao, c'est vrai — pas un à part eux ne s'était ému de son absence. *On n'a que la famille*, entendit-il lui répéter la voix d'Hilaire Legendre. Son père était mort comme un éléphant solitaire (Tony n'avait pas trouvé la force de se rendre à l'hôpital). Le frère de Laurence se remémora son vingt-cinquième anniversaire. Premier voyage en Colombie. Il était parti sac au dos pour choquer tout le monde. Dans la même posture qu'aujourd'hui, accoudé à la fenêtre de son auberge de Bogotá, il avait vu un homme se faire tuer. Une silhouette marchait, une autre silhouette s'était approchée à grands pas, il y avait eu un coup de feu, et la première silhouette était tombée à terre. Tony avait tiré les rideaux et s'était laissé choir sur sa couche. Pour la première fois, il s'était senti grand *(comme un grand)*. De fait, à cet instant précis, il pouvait se jeter par la fenêtre, se masturber, se précipiter sur le corps mort, se rouler dans son sang. Il pouvait dormir aussi. Tout cela au choix. À vingt-cinq ans, on n'avait rien vécu, mais on connaissait déjà presque tout. Comment concevoir le vide qui rapprochait ces deux états ? Soufflant sur la chandelle qu'il avait enfoncée dans la mollesse d'une crêpe au fromage, Tony avait éprouvé un sentiment intense de liberté. Et une sensation, épouvantablement ferme, concomitante, de solitude.

Laurence devait l'admettre : son frère avait été efficace. C'est elle qui, chaque jour, étudiait le dossier de presse transmis par une agence spécialisée. Des journaux du monde entier parlaient de Madec, dans une variété de langages étourdissante. On n'avait jamais vu telle presse pour une disparition d'enfant. Un chroniqueur de BFM-TV lui avait demandé ce que ça faisait « d'être *un people* ». La question l'avait interloquée. TF1 préparait une émission « Spécial Madec » en *première partie de soirée*. Laurence replaça une mèche derrière son oreille. Dans le miroir, elle chercha le visage de Tony : tous deux étaient si divergents. Son frère, qui l'avait insupportée quarante ans, trouvait enfin grâce à ses yeux. Certes, les caméras le remuaient bien plus que la disparition de Madec (qui, dans sa bouche, paraissait adventice) — mais il fallait voir son destin. Faire contre mauvaise fortune, bon cœur. Depuis le BEPC, c'était la première fois que Tony *était dans le concret* — qu'il employait à bon escient ses deux seules qualités : l'audace et la créativité. Du reste, c'était peut-être la même chose.

Contrairement à ses mœurs, Stéphane n'éprouva point l'envie de boire après l'amour. Comme il faisait beau, il eut envie de sortir. Il proposa à Laurence de l'accompagner, mais sa femme devait se remettre à *avancer sur les papiers*. Exalté par un soleil rouge, Stéphane profita du moment pour songer à ses projets personnels. Depuis des années, il avait conçu une nouvelle méthode d'implantation des *pacemakers*. Ce n'était pas grand-chose — juste une astuce technique, qui réduirait néanmoins de beaucoup le caractère invasif de l'intervention. Il n'avait jamais osé en parler à Laurence, de peur qu'elle se moque — ou bien qu'elle reprenne l'idée à son compte ? Assis sur un banc face à un couple qui s'embrassait la bouche pleine, Stéphane décida de réunir une équipe de travail dès son retour à Granville.

Puis, soudain, le poisson se retourna complètement, et cessa de bouger. Ne pouvant se résoudre à jeter sa dépouille dans les *waters*, Paolo décida de l'enterrer. Venezia apporta un gant de toilette, qui servirait de linceul. On fit chuter le poisson rouge dans le gant, qu'on recouvrit de terreau. Avant de vider l'aquarium, Venezia dut en extraire la fausse plante, la roche violette ; et la petite voiture placée en hommage au vrai Simone. Soulevant le jouet, elle vit se disperser dans l'eau une traînée de rouille. Venezia sursauta : c'était cela, qui avait intoxiqué le poisson ! Il était mort de loin en loin, pollué par son propre élément. Jusqu'au bout, Simone avait manqué de chance avec les automobiles, remarqua Paolo. Il échoua à contenir son fou rire. Venezia se mit à le suivre, jusqu'à perdre l'équilibre tant elle riait. Paolo nagea par terre, imitant un poisson au volant d'une formule 1. Il plongea la tête dans l'aquarium pour s'ébrouer sur Venezia.

Après de longues minutes de délire, les deux amants se calmèrent en se jurant une chose : si c'était un garçon, ils ne lui offriraient jamais de petites voitures.

32

La mémoire répond d'habitude aux visages — mais Laurence fut bouleversée par un chien, lorsqu'elle sortit de son hôtel pour rejoindre *l'envoyée spéciale de Match* dans un restaurant vide. Mille pressions contraires s'entrechoquèrent en un instant dans son ventre. Durant tout l'entretien, la mère de Madec continua de penser au chien aperçu derrière l'immeuble. *Non, pour la photo, il faudra prendre attache avec Tony Legendre, notre porte-parole, qui s'occupe des droits de diffusion.* L'animal l'avait observée, elle, droit dans les yeux, comme pour lui aboyer un secret. *Oui, Madec avait des bonnes notes. Mais, vous savez, il était en CP.* Puis il y avait ces poils, sous les oreilles, un peu poisseux. *Tant qu'il n'est pas mort, on y croit encore. C'est grâce à cette lumière qu'on avance dans le tunnel.* La journaliste félicita Laurence pour son courage.

Et puis, tout à coup, l'image tomba comme un couperet.

Stéphane jouait au foot avec *les garçons*. Madec peignait dans sa chambre. Il faisait un temps divin. L'air chaud ramenait la mer dans le salon. Il fallait sortir. Laurence avait préparé les chaussures de marche de Madec, et rempli une bouteille d'eau. Dehors, comme d'habitude, Madec s'était mis à courir seul, loin devant, obligeant sa mère à le poursuivre. Elle avait beau crier, l'enfant trottait continuellement. Apaisée par le bruit des fougères qui se couchent, Laurence avait abdiqué. Madec pouvait la précéder, il n'irait pas bien loin. La mère se souvint (*Psychologies Magazine*, n° 33) qu'elle devait apprendre, pour quelques secondes parfois, à *lâcher son fils.* Grâce à une branche en forme de glaive, la cadence avait heureusement ralenti. C'est que le petit garçon frappait chaque tronc, comme pour se venger des arbres. Laurence s'était promis de l'inscrire au judo. Subitement, sans prévenir, Madec avait lâché son bâton pour reprendre sa course — jusqu'à disparaître derrière une clôture. Alors on n'avait plus rien entendu.

Lorsque Laurence avait retrouvé son fils, il se tenait à genoux sur le gazon d'une villa, face à un berger allemand qui grognait sourdement. Bien qu'enchaîné, l'animal se tenait à quelques mètres de l'enfant — distance largement suffisante pour l'atteindre. Laurence s'était pétrifiée. Sourdement, le chien faisait mousser ses babines en scrutant Madec. La mère avait appelé au secours en direction de la villa — sans réponse. L'habitation ne souffrait d'aucun vis-à-vis. Face à la bête haineuse, le temps s'était interrompu. Laurence s'était figuré le visage de Stéphane. Une cicatrice était-elle génétique ? Comme un hologramme, elle avait conçu l'attaque, imaginé le chien se jetant sur son fils pour lui déraciner le menton. Un faux mouvement serait fatal. Elle était trop éloignée pour agir. Laurence s'était adressée calmement à son fils :

— Madec, tout doucement tu vas reculer, sans faire de bruit.

— Ah t'es là ! avait exulté l'enfant.

Niant l'injonction maternelle, il avait au contraire avancé d'un pas — dédoublant l'agressivité du chien. Paniquée, Laurence avait changé de ton :

— Madec ! Tu recules immédiatement !

— T'inquiète ! avait répondu son fils sur le même ton primesautier.

Alors Madec s'était vivement rapproché du chien. Le cœur de Laurence s'était compacté. Elle avait poussé un cri effroyable en se jetant sur l'animal.

À quelques mètres de la collision, elle avait eu la force d'ouvrir les yeux, pour découvrir le molosse à cheval sur son fils en train de lui lécher goulûment le visage. Madec riait : *Arrête, toi ! Arrête !* Il tirait les oreilles du chien. Lorsque l'enfant s'était relevé, c'est l'animal qui s'était couché sur le dos, les pattes en l'air. Laurence avait profité de cet instant pour agripper la main de son fils et le placer hors d'atteinte de l'animal. Sur le chemin du retour, encore blanche d'effroi, elle s'était tue. Madec n'avait cessé de parler. Incapable de prononcer un mot, la mère avait approuvé malgré elle toutes ses élucubrations.

— C'est gentil les chiens. Y dit qu'il est méchant pour faire peur aux gens qu'ils ont peur.

— Le vieux Garrec, on croit qu'il est méchant pasqu'y grogne de la tête.

— Dis, on peut avoir un chien à la maison pour Anto Vlad toi moi et Papa ?

— Bouboule on l'appellera, pasque les chiens ça aime bien se mettre en bouboule.

— Un jour, on peut le détacher c'est rigolo. Y m'a dit qu'il est triste après.

— À qui faut demander si tu peux le prendre ?

À table, le soir venu, Madec ne relata pas l'épisode du chien (qui pour lui était banal). Laurence s'en trouva soulagée. L'espace d'un instant, elle avait vu son fils en plusieurs morceaux. Ce gamin avait-il un pouvoir spécial, comme Harry Potter ? *On mangeait quoi déjà ?* se questionna-t-elle. Chou soupe aux lardons pain le pain ça compte pas y'en a tous les soirs et la tarte citron Picard ou bien maison. Il faudrait racheter du gros sel. *On avait mangé quoi ?* Laurence posa à nouveau sa question à l'envoyée spéciale de *Paris-Match*, qui ne saisit pas son sous-entendu. Tentait-elle de lui dire quelque chose ? Le regard de Laurence se fixa sur le visage de la journaliste, qui lui parut ressembler à celui d'un chien, un chien plus petit. Voix pas familière. Italie. Une disparition ? Le mot résonnait singulièrement. *Dix paritions.* Les joues Madec saines sauves lèche lèche le chien. Si l'on trouvait Bouboule. Faire plaisir aux garçons. À trop se priver, on régurgite des mignonnettes. Chien caramel pas attaché. Retirer la gamelle (les premiers mois) ; pas d'agressivité en ce qui concerne la nourriture. Florence et Venise. Les concombres pas les courgettes pas les asperges les concombres. Asperges : pipi pue. Week-end à Rome. C'est qui Florence. Est-ce que je veux un verre d'eau. Madec ne peut pas être mort, ne peut pas — du reste le chien le liche. Débarbouillons ! Oh les vilains boutons du nez. Tu vas voir. Les deux sans personne.

Les vilains boutons. Dis : Partition de la parition. Rouges les boutons. Un chien dans la rue. Derrière l'immeuble l'hôtel la rue à côté. Vu le chien. Comme l'autre. Vue sur la mer. Madec ?

Et Laurence s'évanouit.

33

Pourquoi la vie, dans son grand hasard, distribuait-elle du sucre aux uns et du sel aux autres ? De retour dans sa cellule, Ron s'était assis par terre, adossé au radiateur, contre le mur de la fenêtre. La nuit était tombée. Ou bien la peinture noire. C'était une vieille idée. Durant ses années de *véritable prison*, à la limite de la folie (c'est-à-dire, oubliant quelquefois son jeu poétique), Ron s'était persuadé qu'une escouade de peintres tartinait chaque carreau de la couleur d'un ciel fictif (puis en noir la nuit). Il s'était gardé de partager cette pensée avec ses codétenus — ou bien avec le personnel pénitentiaire — de peur d'être aussitôt transféré dans l'aile D.

Qui avait un jour émis l'idée que la vie valait quelque chose ? À onze ans, pense Murdoch, quand votre père s'approche de vous avec un tube en cuivre lubrifié à la graisse noire, vers minuit moins le quart, dans un garage en sous-sol, *la vie ne vaut pas grand-chose*.

Que fait-on quand on ne peut rien faire ? On se souvient.

Murdoch se questionne sur le penchant qui a ruiné sa vie. L'école anglaise de Rome. La cuisse. Le duvet blond sur la cuisse. La mèche brillante comme une céréale. Les plis du rire. Le détenu pince les cannelures du radiateur, qui est plus froid que l'air ambiant. Désir, possiblement, de reconquérir une innocence. Ron pense aux vases communicants ; se demande si les êtres humains partagent de la sorte leurs expériences communes.

Il doit y avoir une ruse quelque part. Quand ce n'est pas la vie qui se venge sur Ron Murdoch, c'est une mère de famille qui prend le relais. Ron ne lui en veut pas. Laurence Macand est l'allégorie de sa détresse. Peut-être, dans une autre existence, a-t-il trop fait le mal. *Je suis la réincarnation de Jack l'Éventreur*, subodore Murdoch, sans sourire du tout.

Toute la nuit, à la fois triste et ému, Murdoch invente son retour. Il sait la souffrance limitée, et la joie immortelle. Regagner Londres.

Au fond d'une besace déposée à la consigne, les clefs de l'appartement de Piccadilly — le même trousseau que celui de Magnus. En double.

Revenir, trouver Magnus, lui expliquer avec les yeux.

Ron veut commander cent roses de toutes les nuances de l'arc-en-ciel. C'est un peu prévisible mais Magnus appréciera (l'avantage de la jeunesse).

On croit que les paysages sont immobiles. Examinant la nuit toscane, Murdoch remarque que son voile n'est pas uniforme. D'abord profondément noire, la nuit de temps à autre s'éclaircit, transite comme une éclipse fatiguée. Vers 5 h 30 du matin, le ciel très sombre devient imperceptiblement lilas (mais la lourdeur des paupières ôte de la finesse aux teintes). C'est le néon, au plafond, qui recueille par hasard le premier rai de soleil. Peut-être en capture-t-il quelques photons.

L'enfance est un coloriage. Ron revient aux vitraux clandestins. Si à la naissance, nous recevons tous le même carnet blanc, les couleurs pour l'illustrer sont inégalement distribuées :

— Le bonheur est en vert, mais je n'ai plus de gouache.

— Le gâteau est un framboisier — on m'a volé mon feutre rouge.

— Je n'ai que du jaune pâle, qu'on ne distingue guère.

— Mon ami possédait chaque couleur, il a tout mêlé ; maintenant c'est tout noir.

Ron dit : « Magnus, tu es une lumière. » Et : « Je n'ai pas reçu beaucoup de couleurs. »

Il dit : « Tu ne les remplaces pas. Tu les éclaires. »

Ne pas se demander pourquoi les gens nous aiment (c'est sans raison). Le constater. Ron redresse l'aimant *Angel Bear* en forme d'ourson ailé sur le frigidaire. C'est le souvenir du voyage en Écosse. Lorsqu'il se sert une bière, qu'il entrouvre le frigidaire, il pense à Magnus.

« Je penserais à toi-même sans l'ourson, bredouille Murdoch. Je penserais à toi-même sans avoir soif. »

Au même moment (à la même aube), Magnus Beretta chemine le long d'une voie ferrée dans la banlieue de Redhill. Il fait crisser la caillasse sous ses bottes en cuir délacées. Il a projeté une cannette sur les rails. Ronald est-il conscient qu'ils ne se reverront plus ? Magnus se fiche d'être *le fiancé du pédophile*. Même, ça l'amuse. Seulement, parfois, c'est aussi simple que de ne plus aimer. Le jeune homme crache une dose de lui-même. Son mollard vert glisse lentement sur une conserve rouillée. *La vraie vie est dans l'instant.* Magnus entend Ron répéter son aphorisme préféré. *What's going wrong ?* On dirait qu'à force de photographier cet instant, Ron Murdoch a fini par ne plus s'imprimer sur aucun tirage.

Un train passe si vite qu'il ébouriffe Magnus.

On se demande qui est assez fou pour fuir dans un wagon qui n'est pas le nôtre.

34

Madec s'était-il noyé ? Laurence ne comprit pas d'emblée pourquoi elle se trouvait dans un lit d'hôpital. Stéphane, qui se tenait à son chevet, lui tendit une tasse de jus d'orange tiède. Depuis son malaise, elle avait dormi presque quarante heures — il avait fallu la stimuler à l'adrénaline pour qu'elle recouvre ses esprits.

Andreotti se trouvait également dans la chambre, flanqué de trois policiers en uniforme. S'approchant de Laurence, il fut retenu par Tony — qui le somma *d'y aller mollo*. L'oncle de Madec était à bout de nerfs. Il avait passé la matinée à porter plainte — *à distance* — contre la journaliste de *Paris-Match*, qui avait profité de la défaillance de Laurence pour lui tirer le portrait. Sur un cliché de sa sœur, tête renversée et lèvres écumeuses, la revue titrait en couverture : QUAND LA PRESSION DEVIENT TROP LOURDE. LE CRAQUAGE D'UNE MÈRE.

Laurence ne saisit pas l'urgence de l'interrogatoire d'Andreotti, ni la raison pour laquelle on avait médicalement accéléré son réveil. L'inspecteur s'approcha. Il se pencha à son oreille et lui murmura, d'une voix qui semblait contrefaire celle de Marlon Brando dans le premier opus du *Parrain* : « Nous avons retrouvé son sang dans le coffre de la voiture. Nous savons tout. Maintenant, madame Macand, il va falloir coopérer. » Sur ces mots, Laurence sentit à nouveau mille pressions contraires s'entrechoquer dans son bas-ventre. C'était monstrueux. Elle hésita à perdre le contrôle, mais de rage rassembla ses pensées. De quel droit ce minable flic usait-il d'un ton pareil ? Avec elle, le chantage n'avait jamais marché. Détournant les yeux, la mère de Madec intercepta les regards de Stéphane et Tony : eux aussi attendaient une explication. La scène avait un goût de déjà-vu. Stéphane affichait une peine immense, qui la broya intérieurement. D'un seul regard, qui fonctionna, elle démentit tout.

La seconde brigade scientifique, dotée d'un matériel dernière génération, avait prélevé des traces d'hémoglobine dans le coffre de la 807 des Macand. Les analyses ADN étaient formelles : c'était bien le sang de Madec. Il allait falloir que Laurence s'en explique — et qu'elle rende compte de sa présence en dehors de la résidence, le soir de la disparition. Tony avait été *proactif*. Dès la découverte des traces, il avait précédé l'éveil de Laurence en contactant les rédactions de médias francophones. Tout article fallacieux, ou injustement fondé, ferait l'objet d'une poursuite judiciaire. Dans tous les cas semblables de disparition, les proches étaient interrogés au même titre que les témoins lambda. Laurence n'était *pas incriminée*.

De son côté, Andreotti commençait à comprendre le système. Il avait marqué un coup d'avance. Lors d'une conférence de presse, l'inspecteur avait annoncé que

Laurence Macand figurait parmi les suspects de l'enquête ; et que la majorité de sa déposition restait approximative. Nombre de tabloïds avaient emboîté le pas (les profits d'une survente valant le risque de perdre d'éventuels procès en diffamation). Dans toutes les langues d'Europe — et, bientôt, dans toutes celles du monde, on pouvait lire, avec le même et universel point d'interrogation (ces torchons étaient bien conseillés) :

LA MÈRE COUPABLE ?

Même *Ouest-France*, qui depuis l'origine avait soutenu les Macand, s'autorisait à imprimer des courriels de lecteurs incrédules. Avec une pointe de préciosité — mais c'était leur première publication nationale —, ceux-ci estimaient que *battre monnaie de ses larmes est une étrange alchimie*. Le site Internet du journal *Le Monde* n'avait pas filtré un commentaire douteux *(Le nom de Macand n'est-il pas la francisation du patronyme israélite Makanski ? Ce qui expliquerait bien des choses, parce quand y'a de l'argent...)* ; le CRIF et la LICRA criaient au scandale. Comme une réponse, le *géopolitologue* Pascal Boniface publia dans *Le Monde diplomatique* une analyse de l'affaire « à l'aune du conflit israélo-palestinien » que personne ne comprit, mais qui fit grand bruit — et qui se solda par l'annonce d'un projet de pamphlet « au vitriol » que tireraient les éditions Robert Laffont, en partenariat avec Radio Nova. Selon l'auteur, qui se réclamait de Pierre Bourdieu, la haine de la femme *(de la mère)* était concomitante de l'anti-islamisme occidental. Le XXIe siècle serait féministe, tolérant, et anti-américain (il fallait lire dans le déchaînement de la presse française l'influence néfaste du système médiatique étasunien). *Postée en ligne*, sa tribune figurait déjà parmi les articles

les plus consultés sur Internet, et l'interview exclusive de l'auteur, menée par son ami Robert Ménard, en tête des vidéos les plus vues.

Ça *sentait mauvais*. Lorsque le peuple même n'y croyait plus, la guerre était perdue. Il fallait *re-sensibiliser les gens*. Désemparé, Tony projeta un instant d'organiser le suicide manqué (et factice) de sa sœur — mais c'était là une stratégie trop hasardeuse. Dans l'attente d'une idée lumineuse, il enjoignit Laurence et Stéphane de *ne plus sourire d'un iota* face aux caméras — et, si possible, d'essayer de *craquer en public*. Il évoqua la théorie *des deux corps du Roi*. Concernant la police : maintenir le silence. Car après tout c'était vrai — on ne savait rien. L'accusation d'Andreotti ne reposait que sur le témoignage d'un pédophile avéré, et une microscopique tache de sang (qu'à n'importe quel moment Madec avait pu engendrer en se blessant superficiellement dans la voiture).

La mère de Madec était restée en surveillance un après-midi supplémentaire à l'hôpital, protégée à l'extérieur de sa chambre par un policier en faction. On craignait pour sa sécurité. Des manifestations avaient éclaté à Milan (réclamant la condamnation *della madre infanticida*). Laurence eut le sentiment étrange que c'était elle que le policier surveillait. Dans la quiétude électronique de l'hôpital, elle avait envisagé de passer aux aveux. On la pardonnerait bien. Qu'avait-elle commis de si répréhensible ? Mais alors la mère s'était souvenue du Pape. De Yannick Noah. Du ministre. Et de Stéphane, le soir de la disparition.

Tout ce monde, à commencer par son mari, évoquait Madec vivant. Si bien qu'au bout du compte elle finissait par les croire. Ne subsistait qu'Andreotti, qui — elle en était persuadée — savait la vérité. Si cet homme avait *vraiment compris*, que lui voulait-il, au juste ?

Tony n'eut pas à cogiter plus d'une nuit blanche. La solution parvint une fois encore du sommet, lorsque le ministre de l'Intérieur fit une déclaration publique en faveur de Laurence. Il n'y avait que l'Europe pour accuser la victime *avant d'avoir puni les coupables*. L'humiliation faite à une mère était *intolérable*. Se référant aux investigations de la police française, le ministre expliqua que les services nationaux n'avaient retenu aucun élément susceptible d'accréditer la thèse de leurs homologues italiens — qui, à bon entendeur, seraient bien inspirés d'enquêter *d'abord* sur le fonctionnement de leur propre démocratie. Le ministre n'était pas doté de toutes les qualités possibles, mais il avait, à défaut d'une autorité immédiate, le talent de convaincre. Son allocution avait été brillante (il reçut un mot de félicitations du Président), et dès le jour suivant, les médias français virèrent de nouveau leur cuti. Quant à la presse italienne, elle divergea dans ses priorités, titrant massivement sur l'affront fait à sa patrie. On évoquait encore Laurence — mais à titre de prétexte.

Le lendemain, à la première heure, Stéphane tenta de joindre le directeur de cabinet de la Place Beauvau. Il souhaitait remercier personnellement le ministre. Après plusieurs fins de non-recevoir, il lâcha une remarque impulsive : « J'ai l'impression que vos services ne souhaitent plus nous entendre » — à laquelle son correspondant avait rétorqué : « Oui, monsieur, c'est à peu près ça. »

Une phrase laconique qui devait parachever la coopération d'un ministère suffisamment compromis dans une affaire poisseuse. Ce qu'il vécut comme *une trahison d'en haut* convainquit le père de Madec de regagner Granville au plus vite. Abandonné à l'étranger, mieux valait respirer l'air de chez soi. Et il lui tardait graduellement de retrouver son Intégrale Chopin.

Partant de l'honorable principe que, contrairement à l'erreur tout court, l'erreur du tribunal était inhumaine, la justice italienne n'estima pas les charges (assemblées dans une pile de dossiers multicolores contenant huit mille pages de documents) retenues contre Laurence Macand suffisantes pour lui interdire de quitter le territoire national. La mère s'était souvenue par ailleurs d'une blessure de Madec. Il cherchait son goûter dans le coffre et s'était éraflé le pouce sur la raclette dégivrante. Il y avait eu du sang sur le pouce ; et sur le revêtement du coffre.

Hors de lui une nuit, Andreotti s'était calmé à la faveur des effleurements de Venezia. *Je crois que je suis enceinte.* Les collègues de l'inspecteur avaient moqué son échec final, la fièvre médiatique réitérée, les faux espoirs ; pour aboutir encore une fois au silence. Le *bluff* ne pouvait pas marcher à tous les coups. Même le chef d'Andreotti avait téléphoné, l'accusant d'avoir inculpé la mère *per lo spettacolo*, sans preuves suffisantes. On n'était pas dans un polar, on ne suivait pas *la sua intuizione.*

Ces voix moralistes, Paolo avait appris, au fil des semaines, à les ouïr comme une musique ancienne, à en prédire les adagios. Rêveur, il concevait en secret la scénographie de *Morte accidentale di un anarchico* — première pièce qu'il mettrait en scène ; ce chef-d'œuvre de Dario Fo auquel il avait assisté en 1986 à côté de l'auteur en personne — auteur qui avait bien voulu lui livrer un conseil : *Non dimenticare di vivere la tua vita.*

* * *

35

Il y avait cette scène du film *Kill Bill*, que Laurence avait visionnée (en VF) un soir en rentrant de garde plus tôt que Stéphane, et où Bill trépassait dans son jardin. Le vieillard se tenait face à une jeune femme blonde en combinaison de cuir (*Elle me ressemble*, avait considéré Laurence). Elle venait de lui asséner cinq coups sur la poitrine. Pas n'importe quels coups : *les cinq points de la paume*. Ancestrale technique d'un maître chinois qui, correctement exécutée, faisait littéralement exploser le cœur de l'adversaire — mais une fois seulement qu'il aurait marché cinq pas. Irréparablement touché, Bill se tenait assis. Statique. Il avait lâché son sabre. Une goutte de sang suintait du bord de ses lèvres. Il allait mourir (mais il avait le temps). Le temps de parler, d'examiner les roses du jardin, les étoiles au-dessus. Laurence ne se rappelait pas toute la scène, mais fixait une image en particulier ; celle du vieux Bill se redressant, serein, faisant un pas, puis un autre, avançant de quelques mètres sur le gazon pour s'écrouler en silence. Alors une fillette sortait de sa chambre, pieds nus dans le jardin. C'était sa fille. Elle découvrait son père mort, le cœur explosé.

À côté de Stéphane, étourdie par le vrombissement de l'autoroute du retour, Laurence ferma les paupières. Combien de pas supplémentaires Madec avait-il consenti de lui accorder ?

Tony avait restitué la Mercedes au loueur avec quelques jours de retard. C'est qu'Andreotti avait conservé la 807 familiale aussi longtemps que possible, multipliant les analyses. Il n'y avait plus un poil ou un cheveu à prélever. Au départ des Macand, l'inspecteur s'était assis devant leur second hôtel, jouxtant le groupe de journalistes. Lorsque Stéphane avait passé la première vitesse, le regard de Paolo avait croisé celui de Laurence. Elle avait plissé le front comme pour se défendre.

Tâtonnant du bout des doigts les commandes de l'air conditionné, Stéphane avait déclenché par erreur l'autoradio — qui diffusa à pleine puissance une version de *My Way* par Nina Simone.

La musique s'imposa dans l'habitacle comme un passager supplémentaire.

And now the end is near, and so I've got to face the final curtain. Stéphane, contrairement à ses réflexes habituels, ne baissa pas le volume. De loin en loin, les immeubles disparurent pour laisser place aux oliviers d'argent. *Regrets, I've had a few. But then again, too few to mention. I did what I had to do, and saw it through without exemption.* Sur son siège, Laurence tenta d'accroître la contenance de sa cage thoracique, tant l'émotion l'étouffait. Il y eut des carillons débordants de gaieté, puis douze accords successifs des claviers (qui lui firent chacun l'effet d'une syncope). *And more, much more than this, I did it my way.* La voiture passa devant une chapelle qui célébrait un mariage. Sur le perron du bâtiment sacré, une quarantaine de personnes applaudissaient des époux noirs, propulsant sur eux des pétales de roses. Un photographe semi-professionnel immortalisa ce moment, gravant sur sa pellicule une 807 grise qui passait en arrière-plan.

À la vision des dunes de sable du Cotentin, Laurence eut l'impression de remonter le temps. Elle se souvint d'une vie ancienne, de cent mille personnages effacés. Depuis Madec, elle avait perdu onze kilos. *Je reviens des camps.* L'apparition d'une boulangerie lui donna presque faim. Un jour, il faudrait refaire la queue pour acheter du pain. Sans conteste, ç'auraient été les vacances les plus agitées de toute sa vie. Laurence s'arrêta sur le mot *vacances*. Il y eut une scaccade. Stéphane venait de couper le contact derrière la grille du jardin, incapable d'acheminer la voiture jusqu'au garage du pavillon.

L'image était surnaturelle. Une montagne de colis, de paquets cadeaux et de bouquets de fleurs fanées obstruait l'allée. Dans cet amas, on trouverait pêle-mêle des lettres plus ou moins aimables, quarante bibles, vingt-sept corans (dont un en indonésien), des peluches bigarrées, une centaine de photographies de garçons roux peu analogues à Madec, des journaux, des coupures de presse, des chrysanthèmes, et une infinité de gribouillages d'enfants. Le monde entier avait « envoyé à Granville » des offrandes — comme si les Macand constituaient une sorte de famille divine —, autant de cadeaux que le facteur, désemparé, avait laissé s'accumuler devant leur domicile. Depuis qu'elle s'occupait de Vladimir et d'Antonin, Violaine leur avait défendu d'y toucher. Elle expliqua qu'elle avait préféré attendre *la décision de leur mère*. Laurence l'avait interrompue : elle n'était pas seule à élever ses fils et *la décision de Stéphane* comptait autant que la sienne. Celui-ci, qui s'était senti comme un prince à la rectification de sa femme, opina du chef.

Une fois les plantes en pot déchargées dans le compost, Stéphane avait réuni sur un grand bûcher les colis, les peluches et les autres jouets. À la surprise de son épouse, c'est lui qui avait pris la décision de *tout brûler*. On ne conserverait que les courriers — potentiels détenteurs d'informations pour l'enquête. Lorsque le briquet crachota sa première flamme, Stéphane pensa que certains ustensiles, malgré tout, fonctionnaient sans trahir leur concepteur. Plus tôt, avant que *les garçons* ne reviennent de l'école, il avait appelé les Josserand — mais le numéro sonnait occupé.

Auprès des services de renseignements, Stéphane apprit que leur ligne n'était plus en service. Avaient-ils changé de numéro afin d'échapper à la presse ? Signée de la main de Sylviane, une lettre parmi les autres lui donna sa réponse. Fabien, Mahaut et Sylviane déménageaient à Paris. Ils embrassaient les Macand. Stéphane apporta le courrier à son épouse. *Ils nous embrassent*. C'était tout ? Laurence eut envie de gifler Sylviane. Si les Josserand échappaient à *leur vie merdique*, c'était *grâce au référé de France Télévisions*. Madec leur aurait valu un bel appartement *(elle aurait mieux fait de se payer un anneau gastrique)*.

Dans la pile de lettres on trouva également un courrier émis depuis le Quai François-Mitterrand, oblitéré par le palais de justice de Nantes. Laurence lut rapidement son préambule, qui faisait état de l'accident mortel de *Mme Frêle*. Un accident ? Plus loin apparaissaient les noms de Madec et de Stéphane. La mémoire lui revint : c'étaient les tonnes d'huîtres. Karl Lagerfeld. Le cimetière. Un jugement liminaire désengageait la responsabilité des tuteurs légaux de Madec. Leur présence ne serait pas requise à l'audience. Une note du procureur — qui devait faire jurisprudence pour les étudiants d'Assas — concluait : *Le Tribunal réaffirme par la présente le principe selon lequel un individu ne peut être déclaré responsable du dommage causé indirectement par le fait des personnes dont il doit répondre, lorsqu'une tierce personne réputée responsable a mis en péril sa propre sécurité afin de sauvegarder, sans y être rationnellement incitée, celle, potentiellement engagée, de la première (engageant par là même le caractère indirect du dommage).* Stendhal lisait-il réellement le Code civil chaque matin ? Forte de deux relectures, Laurence ne parvint guère à rendre intelligible la formulation. Elle en perçut la portée — et se félicita de n'avoir point obéi à son père, qui l'avait tant poussée à *faire son droit*.

Soudain on sonna. Machinalement, Laurence se dirigea vers la porte d'entrée, et tira le loquet. Elle découvrit une adolescente d'allure cinquantenaire. Après un silence, Laurence reconnut Fanny, l'amie que Madec aimait tant. C'est qu'à chaque fois qu'on retrouvait cette jeune fille il semblait qu'elle avait encore vieilli de plusieurs années. Partagée entre l'errance et l'espoir, Fanny demanda à Laurence *si Madec*.

Elle avait lu la presse, allumé sa télévision, mais s'était figuré que la presse et que la télévision mentaient, que la vérité était ailleurs — et que Laurence la lui donnerait. Devant le silence interdit de la mère, Fanny allait comprendre. Comme tant d'autres enfants reprographiés dans les aéroports, Madec aurait *disparu*. Fanny fut saisie d'un chagrin ineffable. Elle se jeta dans les bras de la mère. Entre deux sanglots, elle bredouilla : « Il avait juré de se marier ensemble. » Laurence repoussa posément l'adolescente. En rien, sa douleur ne pouvait être égale à celle d'une inconnue. Elle n'avait pas le droit. Malgré cela, la sœur de Tony se fit une remarque, qui l'émut excessivement : *C'est la première fois que quelqu'un pleure Madec.*

Stéphane projeta un dernier ourson dans le bûcher. Certains *Teddy bears* dégageaient des flammes de couleur violette ou verte. Leurs yeux de plastique pétillaient d'abord, pour couler sur la fourrure de la peluche. Un poupon asiatique — *quelle idée* — fondit lentement sur les braises d'un *Bob l'éponge* en se répandant comme du caramel. Nichés dans un foyer coriace, les hochets carbonisés se mêlaient aux lambeaux de textiles. Au bout d'une heure, tous les colis étaient en cendres ; sauf le dernier, que Stéphane hésitait à incendier : il s'agissait de *Barbie bonne sœur* (coiffée d'une cornette, vêtue d'une cape noire).

Le mari de Laurence suivit quelques instants la fumée qui s'échappait dans le ciel. Il repéra un nuage en forme de coquillage, qui lui évoqua un plus ancien nuage, aperçu enfant depuis sa chambre d'hôpital. Alité six semaines, il avait espéré en vain : son père n'était pas rentré de voyage à temps. Il avait retrouvé son fils à la maison, le visage cerné de gaze. « Ça te donne un air viril, avait-il commenté. Les femmes raffolent des durs. » Pourquoi les pères ne pouvaient-ils jamais *se la fermer* ? En somme — *et paradoxalement* —, avait conclu Stéphane, il n'y avait qu'à la messe qu'on laissait les enfants en paix. Là, durant deux bonnes heures, ils s'extrayaient du monde. Sans vergogne, ils enrayaient le commentaire perpétuel des adultes.

Stéphane revint à lui-même. Lorsqu'il chercha à nouveau le coquillage dans le ciel, le nuage s'était dissipé. Il rabattit les jambes de la bonne sœur aux ongles manucurés, et enfouit la poupée dans le fond de sa poche.

36

Le pull-over imprégné de fumée, Stéphane s'approcha de sa femme (qui essuyait la vaisselle) pour la serrer par l'arrière aux épaules. Elle se laissa effleurer. Entendant ses fils approcher dans le jardin, le père leur tint presque rigueur d'interrompre un moment de tendresse. Vladimir et Antonin larguèrent leurs cartables sur le carrelage et se précipitèrent aussitôt dans les bras de Laurence. Stéphane observa la scène en retrait ; impuissant à rejoindre une effusion qu'il n'avait point suscitée.

Sa femme dit : « Allez embrasser votre père », et les garçons se hâtèrent vers lui.

Interrogé sur Madec, Stéphane comprit que les pères auraient toujours le mauvais rôle. Antonin insistait pour savoir *quand il reviendra pour raconter des histoires*. Dans un surplus de pessimisme, Stéphane imagina son fils mort. Il expliqua que Madec ne reviendrait *pas tout de suite*. Poussant un long soupir, Vladimir s'assit sur les dalles en tripotant sa chaussure. Pourquoi les enfants ne détenaient-ils jamais l'intelligence *adéquate* ? Soit ils étaient trop naïfs, soit ils étaient trop en avance.

Laurence enjambait les marches de l'escalier lorsqu'elle entendit Violaine hausser le ton. Les deux frères désiraient prendre leur bain ensemble — et, selon leur nourrice, ils n'avaient *plus l'âge*. Vladimir commençait piteusement de se rhabiller. L'enfant s'interrompit lorsque sa mère remercia Violaine — et la pria de déguerpir. À présent, c'est elle qui prenait *les choses en main*. Entre son père Hilaire et Tony, il y avait un juste milieu. Ces deux gamins allaient avoir besoin de soutien. Leur connivence était une bénédiction. Et si la disparition d'un fils pouvait servir à l'éducation des deux autres, les Macand n'auraient pas souffert *pour rien*. Souffrait-on jamais pour quelque chose ? se questionna Laurence.

Plus bavard que jamais, Tony avait accumulé assez d'anecdotes pour un siècle. *Via* Nantes, il avait regagné Paris où, profitant du fonds associatif, il avait loué des bureaux (locaux dans lesquels il s'était aménagé un couchage). Laurence avait saisi la combine. Si ça pouvait le dépanner. Elle connaissait son frère ; elle l'imaginait déambuler de bar en troquet, lâchant au comptoir un détail sur Madec, pour initier une discussion dont il sortirait roi. *C'est que vous avez dû me voir à la télé.* [...] *Porte-parole.* [...] *Le Pape : assez sympa. Noah : te répond pas quand tu l'appelles. Plante tes rendez-vous médias.* [...] *Ça, je peux pas dire. L'enquête est en cours.* Parfois Tony devait lever quelque jeune femme alcoolisée, la conduire *au bureau*, l'étendre sur les dossiers de presse et les photos éparpillées — la baiser sur Madec. Laurence commençait à aimer son frère (à le trouver touchant).

À Granville, on avait raconté tout et son contraire à propos des Macand. D'abord solidaire, la population avait ensuite suivi les médias pour accuser la mère de Madec. Il avait fallu attendre l'intervention du ministre pour inverser la donne. Depuis leur retour, Laurence et Stéphane recevaient la visite quotidienne de Granvillais plus ou moins proches. Les commerçants leur offraient des denrées, les voisins de l'aide pour les travaux courants. Dans la Haute Ville (qui constituait le quartier historique) on avait installé, sur le modèle de la photo d'Ingrid Betancourt placardée sur l'hôtel de ville de Paris, des panneaux de soutien à Laurence et Stéphane. C'est Tony qui, avant de monter dans son TGV, avait été chargé de *cordialement* demander au maire leur retrait. Le chef de la municipalité s'était déjà déplacé deux fois chez les Macand. Il semblait avoir escamoté sa rancœur contre Laurence — qui avait failli faire capoter son projet de plage nudiste.

Aujourd'hui, il n'importait plus d'être connu pour *une bonne raison*. La célébrité rend petit, pensa Stéphane. Quant à Jean-Jacques Michel, tout socialiste qu'il fût, *c'était le ministre*. Le maire cherchait des médisances pour se faire mousser au Conseil général, ou bien auprès de Bertrand Delanoë.

La déférence des Granvillais creusa un gouffre entre les Macand et le reste de la population. Quelles que soient l'humilité — et l'expérience en la matière — de Laurence et Stéphane, on les hissait, malgré eux, sur un piédestal. Laurence avait connu le monde — un monde affreux, mais bien réel. Cette distinction s'apparentait à un pouvoir. Au supermarché, une confluence de regards escortait son caddie. Un enfant lui avait demandé un autographe parce qu'il l'avait *vue à la télé*. Le petit s'était fait gifler par sa mère, mais Laurence l'avait défendu. Elle avait dit : « Il ne peut pas savoir. » Elle avait signé son autographe.

À présent que le quotidien reprenait son cours, la perspective de réintégrer le CHU effrayait Laurence. Contrairement à Stéphane, qui réunissait déjà une « équipe test » pour son projet de *pacemaker* — *Si ça peut le stimuler*, estimait Laurence —, l'idée de recommencer à *déchiffrer des ECG* du soir au matin lui parut un supplice.

La veille, un tsunami avait ravagé une partie de l'Asie. Brutalement, on ne parlait plus de Madec au journal télévisé. Un reportage présentait les Moken, cette tribu thaïlandaise possédant le don de *voir sous l'eau* avec une acuité exceptionnelle. Cela était dû à leur passé de nomades maritimes — nageant et plongeant depuis quinze générations pour pêcher. Avec le raz de marée, ils allaient devenir sédentaires (une voix *off* se demandait si les enfants *perpétueraient la tradition*).

Unique stimulus de la journée, excepté la validation de la version « bêta » du site *FindMadec.com* (l'usage de l'anglais avait été considéré plus judicieux) : Tony avait envoyé un mail annonçant *une opportunité de rencontrer Mick Jagger*.

C'était donc ça, l'ennui.

Une semaine plus tard, Laurence fut momentanément sauvée (distraite) par Ron Murdoch. Elle n'avait pas encore *repris l'hôpital*, s'était surtout *occupée de la maison*. L'après-midi, elle passait plusieurs heures à actualiser les dossiers d'enquête. Elle avait enfin trouvé le temps de déballer son épilateur définitif commandé sur Internet juste avant le départ.

Les jambes glabres, l'épouse de Stéphane inhala l'ustensile. Le poil et la chair brûlés libéraient la même odeur. C'est à cet instant qu'elle avait reçu un appel de l'inspecteur Braconnet. Elle l'avait quasiment oublié. Un brave homme — *clairement inefficace* —, qui avait réussi dans la PJ grâce à un sens aigu du service public.

À aucun moment Braconnet n'avait suspecté Laurence. Et aujourd'hui, la voix réservée, il téléphonait pour annoncer le suicide de Murdoch. Dès sa relaxe (et son retour en Angleterre), le principal suspect s'était jeté sous un train à Saint-Pancras — *paralysant la gare* pendant quatre heures. L'instant d'avant, il avait téléphoné à son petit ami, un certain Magnus Beretta. La conversation n'avait pu être enregistrée — mais Beretta avait contacté la police. Murdoch était passé à table. *Je suis ennuyé de vous dire ça comme ça*. Viol. Meurtre. Étranglement. Et incinération du corps dans une poubelle (corps qu'on ne *retrouverait plus*). Beretta réclamait un million d'euros — celui promis par Tony à tout individu concourant à retrouver Madec.

Laurence éclata en sanglots.

37

Les relevés téléphoniques confirmaient l'information de Beretta. Vers 15 h 20, le jeune homme avait reçu un appel de Murdoch. Le dialogue avait duré une minute et onze secondes. Il n'en fallait guère davantage pour confesser un meurtre, percevoir le silence de son correspondant, couper méthodiquement la ligne, se jeter sous un train. Sans effusion, Braconnet se réjouissait de cette confession — qui mettait un point final à deux mois d'errance en Toscane.

Dans son lit, Laurence avait tenté d'imaginer la *minute onze* de conversation réelle qui avait eu lieu entre Magnus et Murdoch. Probablement l'aveu — celui du retour. Celui du renoncement. Une muraille de silence ; le rébus d'un adieu.

Alors les rails ; et puis des hurlements.

À cet instant exact de la *Toccata*, la main sur l'épaule produisait une émotion spéciale. Une seconde plus tard, l'émotion n'était qu'une synchronie. Autour d'un décor frugal, les coulisses se composaient de toiles en tissu noir. *J'aime le bois brut*, considéra Paolo en observant le sol de son plateau. Il avait gravi un tabouret pour changer d'angle. Pour *voir du dessus* l'étreinte de ses comédiens. L'inspecteur demanda à Gaetana d'égarer son regard dans *un espace intermédiaire*, entre la scène et le public.

Stéphane n'avait jamais su ordonner sa vie et, un matin, il était devenu père. Un père se dotait de plusieurs existences ; la sienne propre, puis d'autres dupliquées (dont il fallait s'occuper en plus de soi, avec soi). Devant leur vaisseau spatial, manettes à la main, Antonin et Vladimir *étaient lui*. Viendrait pourtant un jour où ils voudraient *être eux* (à savoir, disparaître dans la nuit).

Stéphane réalisa qu'avoir plusieurs vies, c'était aussi avoir plusieurs morts.

Par une décision collégiale, on avait résolu de *laisser la pièce telle quelle* — en attendant *qu'il revienne*. Mais Laurence s'était tellement ennuyée des caméras — jusqu'au suicide de Murdoch (qui, redonnant un souffle à l'affaire, avait rameuté les médias devant sa porte) que, désœuvrée, elle s'était mise à ranger la chambre de Madec. Elle avait ramassé un par un les Lego sur le sol, arrangé les peluches et les doudous. Puis se courbant pour passer l'aspirateur sous le lit, elle avait été dérangée par une odeur putride. Étendant le bras derrière le sommier, elle avait tiré une boîte en Plexiglas qui lui était inconnue. *Qu'est-ce qui daube comme ça ?* Elle avait soulevé le couvercle moisi de la boîte pour trouver, stupéfaite, desséché comme un pruneau, le cadavre d'un caméléon. L'horreur de Tony. Quel prénom Madec lui avait-il attribué ? Laurence ne savait plus le dire. Elle se souvint du départ en Italie. Combien elle avait détesté ce cadeau. À terme, sa tromperie avait fonctionné : on avait oublié le caméléon, et le caméléon était mort. Répugnée, Laurence dut s'asseoir un moment sur le tapis figurant un circuit de petites voitures. Ce reptile décharné, puant, frippé, convoquait quelque chose, ou bien quelqu'un.

Il fallut l'examiner de plus près pour comprendre. Tout résidait dans le regard : la ressemblance était patente.

On aurait dit le Pape.

Dans la mesure où aucun enregistrement ne permettait de certifier son témoignage, il avait été décrété que Magnus Beretta recevrait un dixième de la somme promise par Tony. Cela représentait tout de même un pactole, se dit Laurence, qui se prit d'affection pour le jeune homme. Avec son mensonge, il enfouissait le sien, sans porter de coup fatal à l'espérance. Une étoile, quelque part, pouvait luire pour Madec.

La question subsidiaire concerna les fonds restants. L'association disposait d'une somme considérable. Dans un élan d'empathie, Laurence proposa d'attribuer à son frère la gestion de la *Fondation Madec pour l'enfance.* Structure qui subventionnerait les orphelinats serbes, dépêcherait des sacs de riz au Niger — et, surtout, qui permettrait à Tony *d'exister pour quelque chose.*

Les essais initiaux se révélèrent concluants. L'invention de Stéphane ferait peut-être évoluer la chirurgie cardiaque. Un *visiting professor* de Chicago prit connaissance de sa technique. Rapidement, des congrès dans le monde l'invitèrent à donner des conférences. Une clinique en Inde proposa un poste de deux ans, payé à prix d'or. Au fil des semaines, le succès professionnel délesta Stéphane de bon nombre d'angoisses. Il se remit à boire — mais par plaisir. Sous la douche il chantonnait *Une noix* de Charles Trenet, sifflait des airs d'opéra, *Qu'y a-t-il à l'intérieur d'une noix, quand elle est fermée-eu ?*, devant les amis il imitait sa femme ; et parfois même, il riait.

À plusieurs reprises, Laurence s'était interrogée sur la noyade de Madec. Le Faucheur semblait avoir réparé son échec de la veille. À l'asphyxie, il avait préféré le tranchant d'une fourchette. Que son fils avait-il bien pu faire à la mort pour l'attiser autant ?

Victor Hugo, ébauchant *Les Misérables*, avait établi les comptes de Jean Valjean pour les dix ans où son personnage n'apparaissait pas dans le roman. Les doigts plongés dans un cœur, Stéphane se fit la remarque qu'avoir des enfants, c'était *semblable* ; qu'on faisait toujours *des comptes pour rien*.

À l'approche de Noël, Laurence ressentit en elle-même une forme d'harmonie. Sa décision était prise : elle n'exercerait plus la médecine. Cette mise en disponibilité l'avait délivrée. Sans conteste, pensa la mère de Madec, ç'aurait été l'année la plus éprouvante de sa vie. Un soir, une patiente de quatre-vingt-cinq ans, affaiblie, amaigrie, asthénique, qui vivait dans des conditions insalubres, lui avait murmuré : *On périt plus vite quand on ne vit plus.*

Une enveloppe de couleur jaune fut émise du ministère de la Justice italien, à destination de l'inspecteur Paolo Giuseppe Andreotti. Ne sachant dans quel dossier la classer, la secrétaire du commissariat plaça la lettre sur le bureau de l'inspecteur remplaçant — qui la déchira sans même l'ouvrir. Consécutivement aux déclarations de Magnus Beretta, *l'affaire Madec* venait d'être classée. Le dossier pourrait toutefois être rouvert (en cas de nouveaux indices ou témoignages). La secrétaire demanda au substitut d'Andreotti pourquoi il n'avait pas fait suivre le courrier au domicile de son prédécesseur. Elle s'entendit répondre que ce n'était pas nécessaire — qu'on n'aurait plus besoin ici d'un branleur qui avait quitté la police pour jouer la comédie.

Et puis il y avait eu cette scène, la plus importante peut-être depuis leur rencontre, entre Stéphane et Laurence.

Elle épluchait des légumes. Il préparait sa communication croate sur un ordinateur portable qui se refusait à lui. Elle l'observait en pleine bataille numérique, tamponnant son clavier comme un billet de train. Il avait levé la tête, et requis implicitement le secours de sa femme. Il n'y comprenait *foutrement rien* : chaque fois qu'il cliquait sur *enregistrer sous*, le logo d'*Antivir Max* apparaissait en clignotant. Afin d'illustrer son tracas, Stéphane avait cliqué sur *enregistrer sous*. Le logo était effectivement apparu ; et Laurence avait lâché son économe sur le carrelage.

L'effigie d'*Antivir Max*, c'était un scorpion rouge.

Ici, un instant, le visage de Laurence se décachette.

Comme on pressent un raisonnement sans parvenir à le ferrer, cette brèche permet à Stéphane de saisir la vérité. Ses lèvres se compriment. Il vomit sur son clavier. Un grain de riz à moitié digéré s'insère entre les touches R et T.

Durant une minute — pour la toute dernière fois —, Stéphane a le choix.

À l'issue d'une pantomime pétrie de rancœur et d'effroi, il choisit de sauvegarder son monde, plutôt que celui, trop large, de la réalité. Pourquoi maintenant ? la mère de Madec se rappelle que dans certaines langues, *comme l'arabe*, existent le singulier, le pluriel — mais aussi un troisième ordre, avec ses règles de conjugaison spécifiques ; et que dans ces langues, le pluriel commence à partir de trois personnes, car en présence de deux personnes, on parle de duel.

Entre elle et son mari, Laurence perçoit un espace nouveau — l'espace d'un vide qui équilibre tout.

Autour des lèvres de Stéphane, les grumeaux de vomissure masquent sa cicatrice. Peut-on le concevoir ? il ressemble à Madec, maquillé en Arlequin lors du dernier Mardi-Gras. Au bourdonnement électroménager de la cuisine se mêle l'écho invisible de Nina Simone. Alors Laurence pense — mais penser est un verbe de surface — et il faudra un jour inventer un terme ajusté aux couches les plus enfouies du cortex —, elle pense : *Tout cela pour un enfant que je n'aimais pas.*

L'épouse de Stéphane se dirige mécaniquement vers le placard de l'évier pour en extraire une lingette Javel parfumée aux agrumes.

Épilogue

Tout en haut du placard, Madec distingue le scorpion. Un mouton de poussière enveloppe le porte-clefs. Madec est heureux. Sous le plafonnier, la fourchette à viande renvoie un éclat blanc. Lorsqu'il bande les muscles de ses chevilles, le petit garçon sent le couscoussier glisser sur le plan de travail. L'enfant s'immobilise. Il repense aux Kappas ; à tous les Kappas. Pourquoi on court. À chaque impulsion, la chaise de bar vacille. Le scorpion semble le regarder dans le fond des yeux. Les reflets bleus. Le nez de Julien. Madec se souvient qu'il est interdit de toucher aux ustensiles de cuisine. Il en ignore la raison. Une respiration. L'enfant disperse un peu plus de son poids dans le vide. À présent il tend le poignet. Absolument tout (le couscoussier, l'enfant, la chaise de bar) se met à basculer. Madec n'agrippe pas la poignée métallisée du placard.

Madec aime bien mourir.

Composition CMB Graphic.
Achevé d'imprimer
sur Roto-Page
par l'Imprimerie Floch
à Mayenne, le 1er juin 2012.
Dépôt légal : juin 2012.
1er dépôt légal : décembre 2011.
Numéro d'imprimeur : 82582.

ISBN 978-2-07-013653-7 / Imprimé en France.

246528